〖中华诗词存稿·名家专辑〗
中华诗词学会 编

观花听鸟集

王改正 著

中国书籍出版社
China Book Press

图书在版编目（CIP）数据

观花听鸟集 / 王改正著 . -- 北京：中国书籍出版社，2019.10
（中华诗词存稿）
ISBN 978-7-5068-7498-4

Ⅰ.①观… Ⅱ.①王… Ⅲ.①诗词—作品集—中国—当代 Ⅳ.① I227

中国版本图书馆 CIP 数据核字 (2019) 第 243584 号

观花听鸟集

王改正 著

责任编辑	牛　彦　李国永
责任印制	孙马飞　马　芝
封面设计	采薇阁
出版发行	中国书籍出版社
地　　址	北京市丰台区三路居路 97 号（邮编：100073）
电　　话	（010）52257143（总编室）　（010）52257140（发行部）
电子邮箱	eo@chinabp.com.cn
经　　销	全国新华书店
印　　刷	北京虎彩文化传播有限公司
开　　本	710 毫米 × 1000 毫米 1/16
字　　数	280 千字
印　　张	21
版　　次	2019 年 10 月第 1 版　2019 年 10 月第 1 次印刷
书　　号	ISBN 978-7-5068-7498-4
定　　价	328.00 元

版权所有　翻印必究

《中华诗词存稿》编委会名单

顾　　问： 郑欣淼　郑伯农　刘　征　沈　鹏
　　　　　　叶嘉莹

编委会：（按姓氏笔画排序）
　　　　　　丁国成　王　强　王改正　王德虎
　　　　　　刘庆霖　吕梁松　李一信　李文朝
　　　　　　李树喜　陈文玲　张桂兴　范诗银
　　　　　　欧阳鹤　杨金亭　林　峰　罗　辉
　　　　　　周兴俊　周笃文　宣奉华　赵永生
　　　　　　赵京战　钱志熙　晨　崧　梁　东
　　　　　　雍文华

主　　任： 范诗银

副 主 任： 林　峰　刘庆霖

执行主编： 吕梁松　王　强　李伟成

秘　　书： 李葆国

作者简介

　　王改正，汉族，1951年出生于河南省郾城县（现漯河市），1969年加入解放军，大学文化，2006年退休。现居北京。退休后在中华诗词学会服务，2010年5月出任秘书长至2015年8月，2015年8月至2018年4月任中华诗词学会顾问，2016年5月至2018年4月任《中华辞赋》副总编辑，2016年10月任《诗刊子曰》顾问，2018年4月任中华诗词学会副会长。著有诗词集《细柳营边草》《岁月歌吟》《霞落玉潭红》《信步走燕山》等。

总　　序

我们这个诗歌大国有一个很好的传统，历来注重"采诗"、搜集整理诗歌材料。作为唯一的全国性诗词组织的中华诗词学会，自1987年5月成立以来，就十分重视这项工作。学会每年的学术研讨会和历届"华夏诗词奖"，都出版论文集和获奖作品集。纪念学会成立二十年、三十年时，还专门编辑出版了《大事记》《论文选集》《诗词选集》。《中华诗词》创刊以来，每年都制作年度合订本。2007年5月，在北京天识东方文化艺术传播有限公司的资助下，以近代以来诗词创作、诗词理论、诗词运动重要文献汇编，当代名家个人作品专集等为主要内容，出版了《中华诗词文库》。经过十来年的编辑整理，已经出了近百卷。这些诗集、文集的出版，记录了近百年来尤其是改革开放四十多年来，中华诗词从起步、复苏走向复兴的砥砺前行的历程，为近、当代诗歌史的撰写准备了丰富的资料。

党的十八大以来，中华民族优秀传统文化重新受到应有的重视。习近平总书记《念奴娇·追思焦裕禄》词和《军民情》七律的相继发表，引领中华大地诗潮滚滚而来。《中共中央关于繁荣发展社会主义文艺的意见》和中办、国办《关于实施中华优秀传统文化传承发展工程的意见》，都明确提出"加强对中华诗词、音乐舞蹈、书法绘画、曲艺杂技和历史文化纪录片、动画片、出版物等的扶持。"国家教育部组织制定由中华诗词学会起草的新中国语言体系中的新韵书《中华通韵》已经通过国家语言文字工作委员会语言文字规范标准审定委员会审定，即将颁布全国试行。这些都使我们真切地感受到，中华诗词的春天真的到来了。诗人们乘着骀荡春风，正以高昂的激情，书写着中华民族伟大复兴的新时代、新史诗，国家富强、民族振兴、人民幸福的中国梦；正以与人民同呼吸、共命运的诗人之心，对人民的欢乐、人民的忧患、人民的情怀给以诗意的表达；正以"美"或"刺"的诗人之笔，对市场经济大潮中人民对幸福生活的期待，对美好未来的希望，对假丑恶的深恶痛绝，或给以方向，或给以赞美，或给以鞭挞。正如习近平总书记所指出的："好的文艺作品就应该像蓝天上的阳光、春季里的清风一样，能够启迪思想、温润心灵、陶冶人生，能够扫除颓废萎靡之风。"

当前，传统诗词创作者和诗词爱好者队伍发展迅速，已超过三百万。每天创作的诗词作品超过唐诗、宋词、元曲的总和。诗词评论研究队伍也成长很快，诗词评论、诗词学、诗词创作理论研究成果丰硕。如何从浩如烟海的诗词作品中"淘"出优秀作品，并使之存下来、传下去，如何使诗词研究理论成果"面世"并发挥应有的指导作用，确实是摆在我们面前的无可回避的一个重要课题。中华诗词学会是一个没有国家编制，没有国家拨款的社会团体，事业的运转主要靠社会赞助和会员费支撑。俊识（北京）文化传媒有限公司总经理吕梁松、北京采薇阁总经理王强，两位一直是对中华传统文化情有独钟的热心人，慷慨解囊，愿意同中华诗词学会一起，搜集整理编辑推出《中华诗词存稿》这套书，共同为中华诗词文化的继承和发展，做成这件十分有意义的事情。

《中华诗词存稿》主要搜集整理出版三部分内容的资料：一是当代诗词名家的个人作品集；二是当代诗词评论家、诗词学者的学术著作集；三是当代诗词作品、诗词理论学术成果阶段性、专题性、地域性的集成类作品集。诗词作品强调精品意识，沙里淘金，把"有筋骨、有道德、有温度"的优秀诗词作品搜集起来。诗词评论、研究类资料强调理论性和创新性，应具有鲜明的个性特点，具有创建性的见解。集成类的资料应有一定的史料保存价值。总之，做成一套具有当代价值和历史意义的好书。在此，我们编委会人员，向提供资料、筛选编辑、版面设计、校对勘误，包括所有为这套资料付出辛勤劳动的同志们，表示真诚的谢意！

郑欣淼

二〇一九年七月于北京

观花听鸟有诗情

——序《观花听鸟集》

改正之与诗,我知之久矣。近以《观花听鸟集》诗稿托我以序。甫以翻阅,即想起龚自珍评古大家李杜等人之作,"皆诗与人为一,人外无诗,诗外无人,其面目也完。"何以为"完"也?即诗人之思想都在其诗中,欲说之言都在其诗中,不欲言而不得不言之情感都在其诗中,有所不言但从诗中可以揣度其所思之内容也都在其诗中矣。

张岱有言,"诗文一道,作之者固难,识之者尤不易也。"我读改正之诗词,思其为人处事,深感其面目亦"完"且"正"也。改正乃军人出身,虽已退休,而堂堂正正之气常存也。葆其标格风雅,志趣追求,处庙堂之侧而不喜,居草野之下而不悲。观花听鸟,歌吟赋诵。欲以天籁之声,歌家国之盛;欲以悠闲之声,抒乡愁之恋;欲以凄婉之声,忆痴情之苦;欲以朴厚之声,吐心意之诚。

掩卷而思之,朦胧似见其游玉渊潭东湖岸上,可望香山之葱翠;坐杨柳荫下,可借清波以濯足;抚芳草之柔,可颂春天之温暖;茹娇花之嫩,可知人间之美好;伴垂翁之钓,可知水净之无尘。

观其出行而自定，晏坐而自安，无毁誉之虑，有敦淳之态，常处静而自知，怡然而自适，乐尊道而自然，含品味于经籍，被褐衣而怀玉，知改正之修为，久久为功，守其正而不断改正之，必有大成也。乃为之序。

2018 年 6 月 24 日
于潮白河畔

刘征简介

刘征，本名刘国正，曾任华夏诗词奖评委会顾问。1926 年生。曾任人民教育出版社编辑室主任、副总编辑等职。1990 年离休。现任人民教育出版社咨询委员，中华诗词学会名誉会长，中华诗词杂志名誉主编，中华诗词研究院顾问，中国作家书画院顾问等职。半个世纪从事中学语文教材编辑工作，参加领导编写教材约百册。已出版各种文学专著三十多种，其中诗词集五种，都收在五卷本《刘征文集》里，并有《刘征诗书画》《刘征翰墨》《刘征诗词——三十年自选集》等问世。2008 年荣获"中华诗词终身成就奖。"

目　　录

总　序 …………………………………………… 郑欣淼　1
序：观花听鸟有诗情——序《观花听鸟集》……… 刘　征　1

新年 ……………………………………………………… 1
题兰花翠鸟图 …………………………………………… 1
鹧鸪天·看《集结号》感怀 …………………………… 2
赠病中孙老铁青先生 …………………………………… 2
思母 ……………………………………………………… 3
雪 ………………………………………………………… 4
玫瑰 ……………………………………………………… 4
北海晨月 ………………………………………………… 5
秋思 ……………………………………………………… 5
鹧鸪天·兰开 …………………………………………… 6
立春有怀 ………………………………………………… 6
鹧鸪天·榆树上的欲望 ………………………………… 7
除夕子夜有怀 …………………………………………… 8
鹧鸪天·呈文怀沙老夫子 ……………………………… 8
鹧鸪天·人日怀人 ……………………………………… 9
玉兰春雨之想 …………………………………………… 9
元宵夜月（二首） ……………………………………… 10

（一）我对月说 …………………………………… 10
　　（二）月对我说 …………………………………… 10
元宵夜寄二月河 ……………………………………… 11
蝶恋花·十六月更圆 ………………………………… 11
有感 …………………………………………………… 12
桃花春雨 ……………………………………………… 12
春来（三首） ………………………………………… 13
诉衷情·太阳花（二首） …………………………… 15
鹧鸪天·梦 …………………………………………… 16
北海夜蜃楼 …………………………………………… 16
春感 …………………………………………………… 17
春思 …………………………………………………… 18
鹧鸪天·北海静夜思 ………………………………… 18
蝶恋花·夜望春 ……………………………………… 19
梦思 …………………………………………………… 19
鹧鸪天·杏花 ………………………………………… 20
西江月·箫声 ………………………………………… 20
半月 …………………………………………………… 21
望月 …………………………………………………… 21
春雨（三首） ………………………………………… 22
　　（一）春雨多情 …………………………………… 22
　　（二）良宵春雨 …………………………………… 22
　　（三）春雨催花 …………………………………… 22
日本吟剑诗舞2008北京国际吟唱会 ………………… 23
国际吟咏会有怀 ……………………………………… 23
奥运圣火（二首） …………………………………… 24

春雨	25
蝶恋花·夜桃花	25
北海夜春情	26
回乡	26
鹧鸪天·梦母	27
莲城春好	27
欢会五凤楼	28
飞车回京有怀	28
琼华岛上夜	29
战友	30
北海夜丁香	30
情鸽因缘	31
惜春	31
景山月色	32
鹧鸪天·谷雨（三首）	32
（一）春雨牡丹	33
（二）春雨二月兰	33
（三）春雨郁金香	33
夜游琼华岛	34
兰窗幽梦	34
问月	35
阳春	35
友朋	36
鹧鸪天·牡丹花谢	36
金刚台	37
佛说	37

眉月 …… 38
夜 …… 38
鹧鸪天·芍药（三首） …… 39
半月轻拂芍药开 …… 40
雨中芍药 …… 40
什刹海 …… 41
满江红·汶川地震 …… 41
湖边雨后 …… 42
过滕州薛城 …… 42
赠王云（二首） …… 43
拜谒孔府 …… 44
泰山南天门感怀 …… 44
悼 …… 45
我们都是汶川人 …… 45
有感（二首） …… 46
谒微子墓（二首） …… 46
北海晨景有怀 …… 47
北海夜景有怀 …… 48
端午有怀 …… 48
半月 …… 49
夜色 …… 49
有怀无题 …… 50
兰花 …… 50
有梦无题 …… 51
相见欢·双莺 …… 51
有感 …… 52

夜雨感怀	53
鹧鸪天·雨中浮屠	53
并蒂牵牛	54
有感	54
读贤兄伯翱《五十春秋》感怀（二首）	55
沁园春·荷池	56
鹧鸪天·有怀	56
满江红·大雨	57
荷塘	58
君心	58
北海荷开	59
听琴	59
宴友	60
夜雨荷香	60
月夜五龙亭	61
濠濮间之晨	61
八月	62
夜荷花	62
七夕无月	63
此日（二首）	63
菊	64
雨后荷塘	65
南湖	65
秋雨	66
问月	66
永安寺之晨	67

嫩菊	67
诗心	68
回乡祭母	68
梦见牵牛花开	69
上坟	69
白牵牛	70
秋荷	70
西江月·枯荷	71
中秋北海夜	71
中秋思母	72
秋分夜雨	72
神七发射成功感怀	73
佳节	73
秋雨	74
重阳登望儿山感怀（三首）	74
戊子重阳登高	75
赤山游	76
龙潭寺秋桃花	76
见春亭望月	77
望月有怀	77
湖岸	78
鹧鸪天·静夜有怀	78
梦春	79
秋雨	79
凭高	80
对景	80

晚眺	81
秋色	81
远眺	82
江城子·傍晚的雾	82
鹧鸪天·傍晚的圆月	83
满江红·风寒	83
鹧鸪天·宴友有怀	84
梦	84
凭窗	85
余晖	85
有感	86
隆尧（二首）	86
情鸽	87
思圆月	88
毕昇	88
君茹生日有赠	89
细月	89
有感	90
佳节	90
新年第一天木樨地桥头	91
新年新月	91
什刹海夜滑冰场	92
老舍茶馆诗酒会	92
见月亭拜月	93
人生	93
李先念同志百年感怀	94

步文怀沙《百岁感怀》原玉…………………… 94

思乡………………………………………………… 95

寒梅………………………………………………… 95

守岁………………………………………………… 96

怀乡………………………………………………… 96

春节夜景有怀……………………………………… 97

有感………………………………………………… 97

早春………………………………………………… 98

噩耗………………………………………………… 98

己丑立春观梅（二首）…………………………… 99

鹧鸪天·春夜……………………………………… 100

听春………………………………………………… 100

良宵（三首）……………………………………… 101

春雨（三首）……………………………………… 102

情人节夜倒春寒…………………………………… 103

梅雪………………………………………………… 104

确山县诗词学会成立有贺………………………… 104

钓台思……………………………………………… 105

二月………………………………………………… 105

春游………………………………………………… 106

四季………………………………………………… 106

宴友………………………………………………… 107

诉衷情·春雨……………………………………… 107

游园………………………………………………… 108

自寿………………………………………………… 108

西江月·早春……………………………………… 109

痛悼中华诗词学会会长孙轶青先生……………………109
问花………………………………………………………110
琼华岛上春………………………………………………110
杏花雪……………………………………………………111
春情………………………………………………………111
嫩春………………………………………………………112
春…………………………………………………………112
春问………………………………………………………113
清明（二首）……………………………………………114
梨花………………………………………………………115
夜游………………………………………………………115
春…………………………………………………………116
桐花春雨…………………………………………………116
春夜………………………………………………………117
鹧鸪天·雨后……………………………………………117
雾…………………………………………………………118
游园………………………………………………………118
西江月·牡丹……………………………………………119
槐花………………………………………………………119
牡丹………………………………………………………120
柳…………………………………………………………120
小聚………………………………………………………121
柳絮………………………………………………………121
问观音……………………………………………………122
无月………………………………………………………122
芍药………………………………………………………123

赴荆州 …………………………………………123
荆州落帽台（二首）………………………………124
晨鸟 …………………………………………125
荆州城楼 …………………………………………125
竹 ……………………………………………126
老槐 …………………………………………126
端午有怀 …………………………………………127
屈子祭 …………………………………………127
静心斋 …………………………………………128
半月 …………………………………………128
读陈公先义新著 ……………………………129
鹧鸪天·荡思 ………………………………129
病榻（十首）………………………………130
　　（一）住院 ……………………………130
　　（二）病卧 ……………………………130
　　（三）绿树 ……………………………131
　　（四）大雨 ……………………………131
　　（五）飞鸟 ……………………………132
　　（六）全麻 ……………………………132
　　（七）死去 ……………………………133
　　（八）天使 ……………………………133
　　（九）人生 ……………………………134
　　（十）出院 ……………………………134
遥思 …………………………………………135
鹧鸪天·春梦 ………………………………135
畅怀 …………………………………………136

鹧鸪天·黄河 ………………………………………136
鹧鸪天·雨后 ………………………………………137
借句 …………………………………………………137
雨 ……………………………………………………138
有感 …………………………………………………138
日食 …………………………………………………139
夜芙蓉 ………………………………………………139
夜雨 …………………………………………………140
有感 …………………………………………………140
雨后 …………………………………………………141
蝉 ……………………………………………………141
月夜 …………………………………………………142
奥运一年 ……………………………………………142
鹧鸪天·嫩秋 ………………………………………143
柳岸 …………………………………………………143
秋水 …………………………………………………144
雨后紫玉兰 …………………………………………144
向晚 …………………………………………………145
花影 …………………………………………………145
赠林公从龙先生 ……………………………………146
荥阳（二首） ………………………………………146
上坟 …………………………………………………147
秋思 …………………………………………………148
圆月夜 ………………………………………………148
白露秋凉 ……………………………………………149
岸柳 …………………………………………………149

人生……………………………………………150
秋望有怀………………………………………150
小牵牛…………………………………………151
兰台新歌动人怀………………………………151
秋晚梦春………………………………………152
秋夜……………………………………………152
对弈……………………………………………153
玉渊潭夜………………………………………153
江城子·嫩秋…………………………………154
蝶恋花·老柳…………………………………154
鹧鸪天·十一夜月……………………………155
闲坐……………………………………………155
津门中秋夜（二首）…………………………156
鹧鸪天·湖中月………………………………157
江城子·秋思…………………………………157
西江月·云竹…………………………………158
秋晚……………………………………………158
农家乐…………………………………………159
夜月（二首）…………………………………159
红牵牛…………………………………………160
鹧鸪天·柳叶黄………………………………161
讽拜佛…………………………………………161
水云石…………………………………………162
思乡……………………………………………162
己丑重阳月……………………………………163
秋雨有怀………………………………………163

雪	164
雪里迎春	164
雾月	165
抚宁诗乡行	165
寒夜	166
雪	166
雾淞	167
赴荥阳"诗词之乡"命名	167
吊唁	168
满江红·小雪	168
江城子·雪后梅	169
玉渊潭之晨	169
窗上柠檬	170
望月	170
冰河	171
晨歌	171
满江红·己丑大雪节气抒怀	172
雾	172
柳岸	173
漫想	173
湖边漫兴	174
京民圣诞夜宴	174
西江月·京民大厦十四楼	175
忆故乡	175
凭窗	176
瑞月	176

迎新……177
沁园春·岱岳……177
新雪……178
晴雪……178
满江红·叹雪……179
雪后……179
远眺香山……180
寄病中刘义权兄……180
沁园春·雪上心字……181
艳阳……182
盼春……182
望月……183
鹧鸪天·暖……183
告别……184
立春……184
悼李汝伦先生（二首）……185
立春后雪……186
沁园春·有感……186
诉衷情·除夕（三首）……187
西江月·佳节思乡（二首）……188
破五夜……189
沁园春·春来……189
春阳……190
早春……190
元宵节……191
西江月·元宵夜雪……191

赠二月河 …………………………………192
春兴 ………………………………………192
惊蛰 ………………………………………193
西江月·春雪 ……………………………193
早春 ………………………………………194
西江月·雪 ………………………………194
双鸟 ………………………………………195
春燕 ………………………………………195
春日有怀 …………………………………196
春来 ………………………………………196
望春 ………………………………………197
春雨紫玉兰 ………………………………197
鹧鸪天·上坟 ……………………………198
回乡感怀 …………………………………198
清明 ………………………………………199
春 …………………………………………199
二月 ………………………………………200
好雨 ………………………………………200
春天 ………………………………………201
春暖 ………………………………………201
喜雨 ………………………………………202
紫玉兰 ……………………………………202
题抚宁天马山 ……………………………203
西江月·有感 ……………………………203
春老 ………………………………………204
节日 ………………………………………204

雨后···205
母亲节···205
雨后之晨···206
鹧鸪天·雨后晴月···206
窗前···207
晨游···207
为诗词盛会作···208
沁园春·无月···208
蟹岛···209
有感···209
有怀···210
游兴···210
有感···211
晨风···211
端阳有怀···212
半月···212
荷花···213
月···213
吾侪愧对两佛陀···214
感怀···214
七一雨霁···215
夏日玉兰开···215
夏日···216
雨中玉兰···216
诱饵···217
绿水···217

玉渊潭蝉歌 …………………………………218
夏日游园 …………………………………218
感怀 ………………………………………219
诉衷情·夜月 ……………………………219
有感 ………………………………………220
北海荷花（二首）………………………220
地震反思 …………………………………221
河岸 ………………………………………222
八一节有怀 ………………………………222
雨后 ………………………………………223
立秋有怀 …………………………………223
八月八有怀 ………………………………224
赠明成禅师 ………………………………224
平月茶楼赠廷佑 …………………………225
悼舟曲之难 ………………………………225
七夕 ………………………………………226
西江月·难老泉声 ………………………226
嫩秋 ………………………………………227
夜荷花 ……………………………………227
西江月·十六月圆 ………………………228
祭母 ………………………………………228
回乡 ………………………………………229
鹧鸪天·九月 ……………………………229
秋蝉吟 ……………………………………230
秋荷 ………………………………………230
玉渊潭歌声 ………………………………231

钓者……231

唐山……232

凤凰台歌……232

曹妃甸……233

东陵……233

地震遗址泡桐树……234

青山关……234

秋菊……235

静夜歌……236

庚寅中秋夜有怀……236

中秋赠王云……237

机上……237

雁荡山庄……238

大龙湫……238

雁荡山情侣峰……239

无题……239

云絮……240

秋水……240

雨夜会友……241

重阳……241

慈善寺……242

京西法海寺……242

贺湖北诗词学会五届二次理事会……243

钟祥谒显陵……243

登太和金顶（二首）……244

南岩宫……245

赠罗辉	246
老树	246
乐声	247
钓鱼台银杏	247
立冬	248
贺河南老年诗词研究会20周年	248
故乡的雪	249
贺戴路祎王大鹏新婚	249
窗上鸽子	250
云遮月	250
居酒屋	251
和廷佑兄《曲阜授课》	251
月思	252
赠岳成大律师	252
窗外	253
银霜	253
晚霞	254
有怀	254
钓鱼台畔有所思	255
弯月	255
鼓乐	256
冬日玫瑰	256
赴夔州机上	257
草堂河	257
题长寿湖	258
夔州	258

白屋诗人···259
新夔城···259
陈独秀旧居有感·································260
新年问友·······································261
满江红·一轮甲子动情怀······················261
寒月···262
寒梅···262
琴声···263
晼晚···263
新春联谊会····································264
满江红·黄昏···································264
无题有怀·······································265
灯影···265
小年···266
清夜···266
除夕···267
立春···267
兔年新年新月································268
六弄梅花·······································268
田永清将军七秩寿····························269
春雪···269
上元夜有怀····································270
早春···270
春雪···271
雪后有怀·······································271
翻书···272

紫蕊梅花（二首）……272
鹧鸪天·建党九十周年忆英烈……273
赠周启安大姐（二首）……273
春来……274
新春……275
鹧鸪天·双燕……275
和刘征老《送学会诸诗友江南采风》……276
附：刘征诗……276
送学会诸诗友江南采风……276
思乡……277
神交……277
鹧鸪天·上坟……278
清明……278
伤春……279
南阳拜二月河有记……279
西江月·卧龙岗怀古……280
卧龙池……280
南阳府衙……281
春雨……282
春雷……282
人间……283
赠王福根教授……283
四月天……284
钓鱼台……284
槐花……285
贺梁东先生八秩寿……285

鹧鸪天·雨 ··286
蝶恋花·柳岸 ··286
诉衷情·玉渊潭（三首）··································287
　　（一）碧水 ··287
　　（二）细雨 ··287
　　（三）夜月 ··287
枯柏 ··288
鹧鸪天·游园 ··288
满江红·思绪 ··289
雨后 ··289
贺许昌诗词学会成立 ······································290
西江月·许昌 ··290
六一 ··291
沁园春·端午 ··291
满江红·雷雨 ··292
满江红·喜雨 ··292
雨后 ··293
西江月·读长诗《老照片》有怀 ·····················294
读柳永传 ··294
和李文朝《贺鹏飞张涵喜结良缘》··················295
鹧鸪天·读《水流云在》有怀 ························295
两度玉兰 ··296
沁园春·沉思 ··296
满江红·世事 ··297
梦游 ··298

浮屠	298
闲观	299
鹧鸪天・雨荷	299
病卧有怀	300
满江红・与友	300
观棋	301
玉渊潭荷花	301
立秋紫玉兰	302
无题有怀	302
中元节有怀	303
金秋	303
乡愁	304
苦雨	304
西江月・遥思	305
满江红・战乱	306
梦里泰山	306
满江红・欧战有感	307
会友	307
鹧鸪天・白露	308
中秋（二首）	308
满江红・九一八事变日感怀	309
鹧鸪天・秋分紫玉兰	310
鹧鸪天・评选百年辛亥诗	310
鹧鸪天・与友	311
秋菊	311

沁园春·辛卯重阳························312
秋色·····································312
鹧鸪天·命数···························313
大冶道中································313
大冶·····································314
大冶铜草花···························314
首届古体诗词论坛有感·············315
建福宫里咏兰亭······················315
鹧鸪天·秋思···························316
步彩霞诗韵···························316
读林锡彬先生《不解集》·········317
鹧鸪天·纽约诗词学会梅振才会长来访·········317
秋老·····································318
鹧鸪天·寒菊···························318
和仁德兄《桂林夜游》·············319
西江月·舞乐···························319
西江月·雪······························320
大雪无雪································320
与友·····································321
月全食（二首）······················321
    （一）月亏盈························321
    （二）红月亮························322
中华诗词研究院门前有叹·········322
鹧鸪天·钓鱼台芳菲苑（二首）·········322

敬挽明成大师……………………………………323
记梦………………………………………………324
鹧鸪天·梦梅……………………………………325
敬和老部长戴清民将军迎新诗…………………325

跋…………………………………………………327

新年

2008年1月1日

新年第一天，阳光灿烂，播撒温暖。岁月无情，人生有限。可叹蹉跎，空留遗憾。吟成一律，聊抒感念。

又到年关辞旧时，光阴催我二毛稀。
朝霞煮海红梅笑，紫气融冰瑞鸟啼。
岁月匆忙思故友，江山流韵写新诗。
人生莫怨欢情少，自此寻春也不迟。

题兰花翠鸟图

2008年

一幅兰花翠鸟锦绣，一丛娇兰，幽香清远，叶上两只翠鸟，像在窃窃私语，低诉幽情。月光淡淡融融，花蕊清香。感动这诗意的画面，乃吟哦以记。

兰花叶上卧春禽，月似娇娥水似银。
玉蕊初开初烂漫，柔情愈诉愈销魂。
香风吹远琴歌梦，翠带轻摇丽影亲。
常怕良宵清露冷，双双飞去再难寻。

鹧鸪天·看《集结号》感怀

2008 年 1 月 5 日

下午在人民大会堂观看电影《集结号》，战争的惨烈动人心魄，幸存者的尴尬令人感慨。江山社稷，来之不易。峥嵘冰河铁马，后世岂能忘记。乃默默吟哼，亦悲亦喜也。

鏖战厮杀血肉飞，雄风豪气壮军威。征尘已沃新春土，奖证堪扔故纸堆。　　魂魄苦，杜鹃悲，犹觉耳畔号长吹。多情无奈霜毛少，泪眼朦胧看落晖。

赠病中孙老轶青先生

2008 年 1 月 10 日

陪同王国钦先生到协和医院看望病中孙老。孙老正斜靠在床上，两眼盯着面前的一张大参考。王国钦说，代表河南林从龙先生和全体诗友来看望他。他听懂了，两眼睁大。国钦给他念了孙老看望河南诗词学会诗友们的诗，也念了中华诗词学会成立二十周年时写给孙老的诗。他听了，嘴唇动了动，是想说些什么。心有伤感，归来忆孙老对我的教诲、关心，吟哼涂成四韵。

大雅吟旌感泪飞，诗情常被苦情催。
只因众望呼声在，不信雄风唤不回。
浩叹英杰多苦难，何堪翰苑少芳菲。
窗前一片红霞暖，我愿春来杜宇归。

思母

2008年1月13日

上午到高朋齐兰州、刘凯青家看望。齐的老母亲坐在沙发上看电视。我走到她身边,她两眼很有精神,面颊红润。我问她高寿,她说九十了。我说:"您是神仙。"她咧嘴笑了,眯着双眼,一脸幸福。对我说:"儿子好,接我来,不让走。"我说"您儿子孝顺。"她说:"嗯!媳妇更好啊,跟亲闺女一样啊!"我很羡慕。想到我那已经故去的老母,一团愧疚塞满胸怀。我对齐兰州说,你很幸福,我很惭愧。忆老母而心痛,叹吾侪而生悲。乃诗以记怀。

轻拂老母鬓间霜,华发苍颜倍感伤。
旅客思乡千里路,啼鸦乱我九回肠。
人生总被功名累,后辈常因利禄忙。
无限亲情情脉脉,双行愧泪泪长长。

雪

2008 年 1 月 17 日

下雪了，雪霰渐成雪片，渐密渐大。想起李白"燕山雪花大如席"的诗句，眼前是一幅壮美的图画。站在九层楼窗前，茫茫乱舞梨花，远眺香山玉龙飞跃，眼底街市琼楼，白塔寺玉一般静静。心中诗情涌动，吟成一律以记。

　　霙花舞上九层楼，瑞气缠绵万象柔。
　　眺望香山着玉帽，遥思泰岳裹银裘。
　　多情造化堪吟咏，秀美神州可壮讴。
　　丽日迎来霞彩暖，融融汇入大潮流。

玫瑰

2008 年 1 月 24 日

傍晚的霞彩一片绚丽，坐在九头鸟酒店茶饮，窗台上的玫瑰花动人而多情。想起有一首"玫瑰玫瑰我爱你"的歌很流行，意象和诗意都很动人。霞光的温暖日复一日，青春的光华转瞬消失，玫瑰的多情春来秋去，人生的短暂动腑惊心，想来令人伤感。诗意凝怀以记也。

　　玫瑰带露沐春风，点点娇柔醉艳红。
　　嫩蕊香如花蜜厚，芳华灿若彩霞浓。
　　精神共老圆圆月，爱恋缠绵淡淡星。
　　一朵折来心意重，百年难写是真情。

北海晨月

2008 年 1 月 27 日

早上的北海公园，一块月在琼华岛白塔上悬着，清晖落在湖面冰上闪闪，朝阳的霞彩涂在白塔身上暖暖。松柏林里欢歌笑语，鸟唤雀飞。濠濮间边高大的椿树上，一只啄木鸟正在忙碌，演奏着嗒嗒脆响的木琴。一片祥和的气象令人感动，也催我吟诗以记。

冰轮映照满湖冰，琼岛浮屠霞彩虹。
落木迎春听蕾动，梅花沃雪嗅香浓。
千年喜遇寰瀛泰，万里吹拂盛世风。
寒尽阳和双鬓冷，同辉日月更多情。

秋思

2008 年 1 月 29 日

傍晚，坐在东单路边酒店窗前，一抹晚霞涂在窗上，看眼前纷纭的世界，人生的短暂，生命的脆弱，奋斗的艰辛，追求的苦痛，相知的幸运，友爱的甜蜜，都在胸中涌动。涂抹吟哼以记。

草木春秋绿变黄，繁花凋谢叹梅香。
云遮玉兔霜初冷，雨沐寒星夜却长。
望尽祥云飞紫凤，朦胧霞彩舞霓裳。
多情莫怨三生苦，爱恋催人几断肠。

鹧鸪天·兰开

2008 年 2 月 3 日

　　窗台上一支娇美的蝴蝶兰开放了，花瓣粉艳艳的张开着，我为这花的开放庆幸，醉人的芳香让我感动。不是每一片绿叶的生长都能享受阳光的温暖，不是每一朵鲜花的开放都能映入我的眼帘。人生有多少欣喜可以记忆。生命的短暂让人无奈，生命的绽放让人动情。我望着窗外的白塔，浮生难会浮屠，有温馨的泪从心底流出，滋润我已经枯萎的灵魂。岁末的沧桑感注入诗行。

　　一朵兰花岁末开，风寒不见舞蝶来。浮屠雪影催人泪，红萼青裙感我怀。　　颜似玉，质忒白，无云无雨望阳台。凭窗有梦空难解，缕缕情思醉百骸。

立春有怀

2008 年 2 月 4 日

　　今天立春，春天的气息令人陶醉，春天的多情让人伤感。立春的阳光多了温暖，微风多了温柔。湖边桃枝上鼓起了鲜嫩的花苞，透明的冰面溢出了碧水，一对多情的春鸭依偎在波上嬉戏。朦胧似见一片桃花春水。我为春天的到来欢欣，我为春情的荡漾感动。有怀而记。

　　美酒屠苏旧换新，红情绿意吻芳春。
　　枝头鹊舞撩君舞，月下梅魂摄我魂。
　　多雨多云也多泪，思花思柳更思人。
　　一窗爱恋应珍重，两鬓风涛好壮吟。

鹧鸪天·榆树上的欲望

2008年2月6日除夕

清晨，濠濮涧里清风扑面。一棵高大的老榆树上飞来一只美丽的鸟在叫着，有红色油亮的羽毛，头顶油黑，喙是红胭色。朝阳暖暖地沐在榆树上，闪耀在红色的羽毛上。那是从哪里飞来的翠鸟啊，是迎接新春的天使吗？是追寻爱恋的精灵吗？我站在苍苍榆树下听那缠绵的天籁，看那舞动的翠羽，欣赏红艳艳的鱼儿在融开的碧水中优游。春天真好，有感动的泪在我心中翻卷。朋友短信说，人生相遇是天意。我很感动。回短信：有缘无分，皆是天意。生命短暂，值得珍惜。世事如戏，相知如蜜。苍天有眼，花荣大地。千秋太短，一年四季。人生没有回头箭，只能大笑抒胸臆。

榆树梢头瑞鸟啼，朝霞红羽惹相思。春风有意浮天籁，碧水含情映老枝。　歌颤颤，语迟迟，声声如诉断肠诗。何来爱恋鸳鸯侣，错把濠濮作凤池。

除夕子夜有怀

2008 年 2 月 7 日

戊子鼠年的零时,我坐出租车穿过京城,满眼喧腾着火与光的世界,整个京城浴在光的海洋里,沐在火的天空中,五彩的玉宇滚动着欢乐的春雷,烟的浓香弥漫在空气中让人陶醉。有怀而记。

亥子更迭又是春,流光溢彩沐乾坤。
花开玉宇遮星月,竹爆人心动鬼神。
锦瑟丝弦悠绪乱,浓妆笑脸醉颜深。
乡愁千里思不尽,一缕兰香入梦魂。

鹧鸪天·呈文怀沙老夫子

2008 年 2 月 10 日

京都朝阳起处,缭绕湘楚雅韵。文怀沙老夫子高才骚雅,吾侪叨陪多承教诲,音容常在眼前。惶惶不揣谫陋,缀句以赠先生。

亮马河边紫气多,祥云缭绕楚骚歌。一池醉墨书华夏,八斗文怀唱汨罗。　　儒释道,正清和,慈悲普度苦吟哦。百年忧乐思神器,四部文明著远谟。

鹧鸪天·人日怀人

2008 年 2 月 13 日戊子年正月初七

今天是传统中的人日。即人类的生日,也是思人怀人的节日。我坐在东北虎酒店柔和的灯光下,窗外是喧嚣的街市,节日的焰火明灭,热烈的竹爆不绝。春天的气息在灯下氤氲,亲情的温暖在胸中翻卷,心里湿润着人生的庆幸和感动。乃吟而歌之。

人日怀人坐酒楼,双杯对酒对双眸。朝阳灿烂夕阳暖,好梦相亲苦梦愁。　同此夜,望云悠,思君不禁泪花流。尘缘可度慈航远,命数无情路有头。

玉兰春雨之想

2008 年 2 月 14 日

李一信老师请大家在香食里吃饭,他说道:"今天是情人节!"一语未了,大家一起欢笑起来。因为谁也没有想到这个西方人的节日在中国开始时兴了。凭窗看晚霞灿烂,热烈的光芒抹到窗上,长长的云竹绿藤悠悠。我感动春天的到来,感动每一缕晚霞,感动每一丝绿藤,感动每一朵鲜花的开放。

春雨滋酥玉蕊开,祥云漫舞凤仙来。
京城看尽繁华景,一缕香浓醉满怀。

元宵夜月（二首）

2008 年 2 月 21 日

　　元宵节的晚上，鞭炮声不断，京城一片喧腾，五彩的礼花映照夜空。我漫步在北海公园，走到濠濮间里，月圆圆的，升起来了，红润像少女羞红的脸，在岸边的榆树上悬着。我坐在栏上，闭上双眼想着家乡的月亮，家乡的原野，家乡的小河，记忆中的童年。我让自己平静下来，朦胧中有美丽的婵娟从月中走来，有浓香的葡萄美酒，令人陶醉。月下有新鲜湿润的红玫瑰，有琼雕玉琢的玉兰花。池中碧水幽幽，一轮圆月被水波揉碎了，颤抖着闪耀在水中，春情融化着寒冰，有叮叮折破的声音脆脆。走出濠濮间，五龙亭浮在冰上，玛瑙一般璀璨夺目。诗意而记之也。

（一）我对月说

今夜元宵月不圆，千杯美酒对谁干。
良辰梦见兰花蕊，泪似琼浆比蜜甜。

（二）月对我说

凭窗望月月团鸾，美酒千杯比蜜甜。
莫怨琼宫今夜冷，人间有爱梦婵娟。

元宵夜寄二月河

2008 年 2 月 21 日

元宵夜在北海湖边想起了远在南阳的凌解放老师。春天来了，三月的"两会"快开了，二哥二月河就要来京参加会议，我们可以在一起畅叙抒怀了。想人生之幸遇，感神交之畅快，仰凌公二月河之人格才华，赋友情三千里之惦念。乃吟哦涂成四韵发给二哥以致问候。

雪后梅梢蕊更多，春莺玉树唱情歌。
楼头苦望一帘水，梦里神游二月河。
雨润南阳山下柳，风开北海满湖波。
红裙又舞红裙影，紫燕来寻紫燕窝。

蝶恋花·十六月更圆

2008 年 2 月 22 日

傍晚，听诗斋凭窗，太阳仍高高悬在窗上，温暖的光芒照到屋子里来。我闻到了春天的气息，感到了春情的湿润，春天的手抚摸在我的脸上，阳光的温热让我感动。那感觉比山珍海味更香美，人生的美酒让我的心为之沉醉，让我的生命变得灿烂。我感谢命运的赐予，感谢人间的幸运。及至入夜，十五月亮十六圆，果然不谬也。乃吟而记之。

今夜苍穹清似水，玉宇婵娟，尽惹烟波媚。万彩灯光幽我醉，一天花雨湿梅蕊。　　满面香尘心欲碎，记忆苍茫，长啸无情悔。狂客倾杯难入睡，凭窗眺望思人累。

有感

2008 年 2 月 28 日

　　人生的一维和短暂令人伤感。上帝没有给人多少命运之缘，更多的是缘分的阴差阳错。到了两鬓染霜时，回首一生，更多的是悔愧和无奈。你无法埋怨上帝，你只能接受命运。你可以寻找许多理由安慰自己的人生，你可以尽情享受你已经得到的幸运和欢乐。而时间老人永远阴沉着面孔一步不停地朝前走着，匆匆把你的生命消磨殆尽，把你的灵魂变成一缕青烟在蓝天白云里飘飞。

　　人生最苦爱无缘，梦醒酸辛梦里甜。
　　春雨多情皆是泪，桃花有意尽含烟。
　　鹃歌啼乱红尘絮，柳带柔皴锦绣衫。
　　对镜才觉双鬓老，栏杆拍遍复何言。

桃花春雨

2008 年 2 月 29 日

　　夜的空气清凉，天空朗朗，蓝蔚透明，街上的灯光成了灿烂的河流。我走在这光的河流里，享受着微风抚摸我的脸庞，感受着春天的气息滋润我的胸腔。我想在茫茫的旷野里狂奔，一边疯狂地呼喊歌唱。那声音来自何处，是来自我的胸腔吗？是来自我的肺腑吗？是来自我每一条血管吗？是来自我每一个细胞吗？有感而记。

桃花春雨后，碧水抹胭脂。

紫燕穿黄柳，雏鸭浴绿池。

风来千万里，泪落两行诗。

心近乡关远，天高草木低。

春来（三首）

2008 年 3 月 1 日

　　北海公园湖里的冰消了，碧波在朝霞里沐浴，在春风里闪耀。波上春鸭和鸳鸯优游，岸柳蒙了薄纱一样的嫩黄，濠濮间里池水凝碧，老榆树细枝上鼓起点点紫苞，朦胧一团紫雾，一只彩色的春莺向着朝阳歌唱。我坐在濠濮间的廊椅上，闭上双眼冥想春天的多情，突然想起俄罗斯女诗人吉皮乌斯的《干杯》。她说，欢乐与痛苦，从来就是一体。不论喝的是什么，都要——干杯。我很感动这诗的哲理，我感受着寒冬的痛苦和春风的欢乐，生活的严酷和无尽的温柔同时折磨我的灵魂。命运的绝望和多情都在我的心中翻卷。于是我想，无论遇到什么痛苦，都要坦然承受；无论得到多少欢乐，都要尽情享受。春天来了，这生命的春天，爱恋的春天令人感动。

（一）

春风舞上美人头，寒嫩梅香细语柔。

喜泪双行堪兑酒，娇花一朵正消愁。

天涯客路寻芳草，眼底清波荡彩舟。

梦到红莲哭夜短，相思似水向东流。

（二）

春风吹醒玉兰香，蕊露晶莹五色光。
柳雾痴情柔紫燕，花容沐浴恋朝阳。
愁怀把手多无奈，望眼焦心欲断肠。
对酒长歌人不寐，凭窗只见夜茫茫。

（三）

我欲狂歌诉壮怀，霜飞两鬓伴兰开。
真情化解人生苦，爱恋何愁命运乖。
万缕芳思销醉魄，千杯美酒梦蓬莱。
春莺啼乱风前柳，霞彩湿浓映满腮。

诉衷情·太阳花（二首）

2008年3月3日

窗台上一盆太阳花的花蕾在灿烂阳光的照耀下，只在几分钟里就张开了，粉色的花朵，细小得像星星。太阳花是爱恋着太阳的精灵，她得到了阳光的温暖，就欢笑着开放；到了晚上，她又合上美丽的眼睛。有感造化的神奇和这花神的多情，涂抹以记感怀。

（一）

神奇最数太阳花，灿烂恋朝霞。朦胧醉眼含泪，绿蔓伴奇葩。　　幽梦远，爱无涯，绽谁家？翠烟缠绕，情意魂销，呓语难答。

（二）

人间最美太阳花，不恋夜繁华。香凝满月春梦，粉艳映双颊。　　心太软，蕊湿滑，瓣蒙纱。哪堪风晚，露冷星稀，望尽天涯。

鹧鸪天·梦

2008 年 3 月

梦里是广袤的草原，绿得温柔，绿得湿润。一片透明的湖水，绚丽的彩霞抹在波上，一双天鹅在水面上交颈而吻，相伴优游。水边的草厚厚的像绿绒绒的毯。有盛开的玫瑰艳艳。我在温润的湖中尽情地游荡，在月光抚慰下，在岸边草毯上沐着柔软的月光，暖暖的身心舒畅。我欢舞着，跳跃着，向着高山和蓝天畅怀狂呼，美丽的天鹅和着我的长啸，伸长颈项向着蓝天歌唱。醒来若有所失，怅望繁星，有感而记。

梦里青山月夜情，天鹅洗浴翠湖中。婵娟浪漫芳春色，客子翻波细雨风。　莺婉转，马奔腾，心胸醉入万花丛。香魂似见蟾宫影，雾绕瑶台玉露清。

北海夜蜃楼

2008 年 3 月 7 日

晚上北海，春风柔柔，园里灿烂幽幽，白塔像一尊精美的玉雕，五龙亭镶在宝石蓝的湖面上。站在小山梁上东望，景山万春亭华彩多姿，无数的灯光闪耀。在松影里驻足凝望，像夜的海市蜃楼，朦胧中有琼楼飘渺，烟霭雾缕缠绵，有薄纱一样的帘幕在微风中映着翠鬟仙姿，光影里有柔曼的舞动。这是多情的春神降临人间吧！这是瑶台仙女来到我的眼前吧！我凝望这人间的蜃楼海市，感慨春天的赐予，感动造化留在我生命瞬间的偶然和美丽。

北海朦胧夜蜃楼，婵娟彩凤画中游。
繁星醉眼颗颗秀，粉雾凝妆寸寸柔。
细软春风吹恋曲，多情花影动帘钩。
无人揾我双行泪，独自伤心独自流。

春感

2008 年 3 月 8 日

　　站在北海濠濮间岸上林中，清晨的风清清，湿润我的心胸。满眼繁华，春意融融，柳带蒙黄，枯草泛青，迎春串串，春水波明。枝上春鸟歌唱，远望彩霞红彤。耳畔有轻盈的舞步，青春的倩影朦胧。优雅的春装妩媚，春心的许诺凝情。双飞的紫燕知我心事，把我的相思送到你的窗棂。感动春天，涂抹以记怀。

北海濠濮涧水幽，春风寒嫩暗香柔。
一帘倩影撩魂魄，万缕情丝绕凤楼。
檐下新窠迎侣燕，岸边老柳卧双鸥。
登高望远思难尽，忍泪凝眸泪不休。

春思

2008 年 3 月 9 日

二月二龙抬头，又叫春龙节。今天是春龙舞动的日子。清晨站在什刹海岸，温暖的霞彩落在湖里，岸柳蒙了嫩绿，油油的湿润，桃枝上鼓动着胭脂苞儿，一团团一簇簇拥挤着，争抢着春风的爱恋。一对春鸭在水面上游过，留下一片多情的涟漪。一只翠鹊从北海飞来，落在我眼前的柳梢上，一串美妙的歌吟从它红润的唇间荡漾开。春天的气息扑面，春天的勃发令人感动。

朝阳霞彩雾纱柔，曼舞轻歌绕小楼。
空色春情情太苦，古今恋爱爱成愁。
莺啼柳带香烟袅，露腻桃花碧水流。
百岁难熬三万日，一夕好梦六十秋。

鹧鸪天·北海静夜思

2008 年 3 月 10 日

晚上的北海一团春的气息，湿润润的弥漫着嫩寒中的花香。一弯细月在蓝天上，像娇娘笑弯的眉，湖水幽幽，娇眉在波上颤颤。竹林静静，有梦中的鸟在林中呓语。远处窗影阑珊，帘绣朦胧，隐约有美丽的倩影柔柔。感动春景春情，庆幸人生中的好梦，涂抹以记情思。

孤影销魂竹影寒，桃花凉夜瘦婵娟。檐前紫燕相思梦，湖里鸳鸯伴月眠。　春恁好，爱无缘，凭栏凝望却难言。人生苦痛芳华短，我自低头忆少年。

蝶恋花·夜望春

2008 年 3 月 11 日

一弯眉样的细月在天上幽幽，濠濮间水像一面墨玉的镜，弯月在水中静静。岸边的玉兰开了，有淡淡的幽香弥漫在树下，灯光里的花朵更多一层韵致。花香醉人，花影含娇。冰胎玉质，素雅琼瑶。有美人之望，而不乱不妖。望春多情而有意，唯愿思梦而相交。有感而记怀。

湖岸望春来恁早，细月眉弯，恰是娇娘笑。雪艳芳魂颜玉貌，潘郎欲醉花枝俏。　饮露餐英香浴好，碧水悠悠，痴梦兰舟小。谁愿温柔催命老，瑶台总被相思绕。

梦思

2008 年 3 月 13 日

昨晚桃园一梦，桃花碧水幽幽。人影香拂衣袖，波光荡漾彩舟。春色红云缥缈，残阳铺洒彩绸。蓝天无数星眼，一圆月照楼头。故土人来问询，难言一片乡愁。醒来有记。

梦里桃园三月风，身心沐浴碧池中。
千杯苦酒愁肠断，多少相思泪眼空。
花影缠绵裙带紫，残阳涂抹柳丝青。
兴来但愿人长久，梦醒才知路不通。

鹧鸪天·杏花

2008 年 3 月 15 日

每到生日泪水流。只有老母记住我的生日,每到这一天就做了寿面给我吃。老母坐在旁边流着泪,看我把碗里的面吃下去。老母亲去世了,生日成了悲苦的记忆。清晨,北海公园阳光灿烂而温暖,山坡芳草初萌,杏花开了满树。仰头看那绽开的花朵,阳光霞彩沐浴着生机勃发的花草树林,清香在林中弥漫,我在生日里沐着春情,听枝头瑞鸟动人歌唱。恰花下一美少妇对身边男子说:"但愿天天有今日,岁岁沐花香。"男子深情望了少妇笑着说:"我正浴在花香里,明年今日更芬芳。"俩人都笑了。诗一样的语言令人感动。吟成各句以记。

漫步芳园看杏花,香柔两鬓泪凝颊。枝头瑞鸟应知我,云里歌声伴彩霞。　　兰吐蕊,柳滋芽,清波暖嫩浴双鸭。人生总愿春常在,岁岁春来岁岁发。

西江月·箫声

2008 年 3 月 16 日

清晨,濠濮间里有箫声幽幽,两片池水碧透,波光在乐声里闪闪。桃杏正艳,岸柳柔柔。林间游人相问,枝上瑞鸟互答。霞彩灿烂多情,草树绿润勃发。我在《二泉映月》《梁祝》的缠绵乐曲中望朝阳花木,心为之溶化,情为之陶醉,吟成以记。

一曲箫声呜咽，两爿池水幽幽。桃花尽染碧波柔。乱了芳心翠袖。　谁在栏边流泪，为何对景多愁？朝阳霞彩也含羞。万缕丝成岸柳。

半月

2008 年 3 月 16 日

夜的北海，风吹皱了一湖乳，半块月在天上朦胧，杏花桃蕊的清香弥漫。幽幽的灯光里游人在花香里漫步，月光下的栏边有美丽的身影。多美的夜，如诗如乐，令人生许多美妙怀想。漫步吟哼而记之。

楼头半月照情人，眼泪淹了妹妹心。
默默含悲风恁冷，幽幽感念爱多深。
桃花不愿莺歌老，柳带偏宜燕语新。
眺望琼瑶痴梦久，惭颜霜鬓又怀春。

望月

2008 年 3 月 19 日

月光如水，杏花散发着清香，我陶醉在这春的清香里。多情的风吹皱了温柔的水，波澜一层接一层亲吻着湿润的湖唇，咕咕叽叽动人心怀。徜徉幽幽林中，听夜莺的呓语让人心动，人生的这一刻如此朦胧，如此短暂，如此珍贵，也顿生沧桑无奈和岁月无情之感。愁多无序而吟哼以记也。

今夜婵娟嫩脸圆,春波涌动恁缠绵。
桃花欲绽熏风暖,柳蔓情催碧水寒。
有限人生应大笑,无穷爱恋却难言。
檐间燕梦嵩山远,眼底瑶池浴暮年。

春雨(三首)

2008 年 3 月 21 日

一场春雨后,满眼是清新。细雨滋润了万物,听得见花蕾勃动。草芽生长,眼见得杏花纷纷。点点泥香,桃花凝蕊,露润晶莹,玉兰开放,华美凝光。心有诗情氤氲而记之。

(一)春雨多情

春雨多情昨夜来,滋酥柳眼看花开。
芳香欲醉摇人影,枝上妖红鬓上白。

(二)良宵春雨

良宵春雨紫兰开,露似琼浆醉满怀。
欲诉真情词赋少,瑶池玉女世间来。

(三)春雨催花

春雨催花朵朵开,红尘翻卷大潮来。
何人不恨芳华短,噙蕊闻香吟壮怀。

日本吟剑诗舞 2008 北京国际吟唱会

2008 年 3 月 23 日

阳春天气,草长莺飞。下午,日本吟剑诗舞 2008 北京国际吟唱会在人民大会堂三层礼堂举行。诗词的吟诵,在日本非常普及,棚桥先生多次组团来华与诗界交流。有感而记之。

扶桑词客三月来,满眼春风舞壮怀。
把手玉渊潭上望,樱花依旧汉唐白。

国际吟咏会有怀

2008 年 3 月 24 日

中华诗词学会和日本吟剑诗舞振兴会举办的 2008 北京国际吟咏会昨天在人民大会堂成功举行。欢晤东瀛友,情催二月樱。吟诗含雅意,剑舞带春风。使我诗情荡漾,乃凝思赋颂而记之也。

诗朋词友话扶桑,雅韵长歌共绕梁。
字意相承连片甲,文书同脉有疏狂。
千年愿海何难度,一苇含情亦可航。
和汉从来衣带水,樱花染翰墨生香。

奥运圣火（二首）

2008 年 3 月 26 日

奥运火炬祥云将传递到中原古城商丘和开封。商丘是中华民族第一簇圣火点燃的地方，而今奥运的圣火又将传到这里，六千年的中华文明之火与奥运圣火在这里相会，是这个民族融入世界潮流的体现。开封是中原千年古都，奥运圣火传到这里，黄河之水也为之欢舞。

（一）

商丘圣火六千年，雅典祥云绕紫烟。
奥运神催嵩岳秀，黄河水共大洋蓝。

（二）

雅典开封万里遥，传来圣火瑞光韶。
黄河浪舞三千丈，奥运欢歌卷大潮。

春雨

2008 年 3 月 28 日

桃花春雨缠绵湿润,玉兰花滋润着露珠,桃花蕊正绽,杏花飘落着带雨的花瓣儿。一双早来的紫燕从窗前的雨中飞过,留下一串啁啾。有思乡的情绪凝成诗句。

风清吹细雨,寒嫩送残梅。
蕊笑芳春早,泥香紫燕回。
边楼痴梦断,帷幄杜鹃飞。
故地三千里,相思弟子归。

蝶恋花·夜桃花

2008 年 3 月 29 日

雨后园中春情浓浓,鲜柳清香,浅草滋芽,一阵醉人的馨香扑鼻,住足仰首,朦胧一株桃花初绽,我闭上双眼,用力吮吸那缕缕缠绵的香气,吸进胸腹,滋润心脾,渗进每一条血管,每一个毛孔,感受春情的滋养。吟成"蝶恋花"以记。

枝上桃花偷夜暗,雨后凝香,总怕婵娟看。红萼羞含初蕊瓣,春风吹皱春波乱。　烟霭缠绵疏影颤,一梦蓬瀛,百岁流年短。呓语莺啼肠欲断,双眸问我何时见。

北海夜春情

2008 年 3 月 31 日

晚上的北海灯光朦胧,琼华岛浮在波上,五龙亭里有歌声乐舞悠悠,湖上的点点浮鸭游动,杏花落了,香气仍然弥漫。桃花着蕊,在夜色里闪着猩红色的荧荧,灯光里团团嫩黄的迎春暖暖,墨色的柳带柔柔。夜的湖光花团一片祥和。诗的温暖在心里,吟成以记。

北海星云暗,天蓝玉塔明。
波浮鸳侣梦,柳带墨裙风。
我嗅红桃蕊,谁餐雪杏英。
情人忧夜短,碧水望长空。

回乡

2008 年 4 月 2 日

又近清明,中午乘动车回故乡。窗外是春天的原野,麦田油绿,菜花成片蒙黄。17:20 过黄河。阳光灿烂,始祖山巍巍,炎黄二帝端坐于山巅,河水荡荡东去。有感而记。

田园沃野菜花黄,千里飞车拜故乡。
军旅常愁痴命短,亲情尽惹梦魂长。
心忧柴院生荒草,泪落坟茔唤老娘。
忆往赧颜多愧悔,清明无雨也凄凉。

鹧鸪天·梦母

2008年4月3日

昨晚一梦，老母在村头小路上走来。我说，咱到北海湖边散步吧，柳树绿了，桃花也开了。老母默默无语望了我，有泪在她脸上流。清晨，家乡的原野一片绿麦黄花。我跪在老母坟前，营奠青烟在我的眼前缠绕，老母永远不能再回人间，止不住愧泪涌流。苦痛的回忆凝成诗行。

梦里常逢老母回，终生从未展愁眉。晨昏酷雨听屋漏，夜半寒灯盼子归。　乡路远，故人催，羞惭满面泪沾灰。如今我亦苍颜老，长跪坟前酹酒悲。

莲城春好

2008年4月4日清明许昌

莲城小西湖，牡丹开了，一湖春色，柳雾绿融，蜂飞蝶舞，桐花清香，阳光灿烂，吟诗以记。

莲城春好数西湖，新绿初红绘瑞图。
盛世卅年开放路，康庄万里改革书。
乡关别后亲情苦，老友重逢意趣舒。
对景悠闲思细柳，歌诗文翰问相如。

欢会五凤楼

2008 年 4 月 5 日郑州

下午从许昌赶到郑州,晚上在阿五酒店五凤厅,欢会高朋,畅叙友情,感慨人生,有诗以记。

翰墨香撩五凤楼,邀来胜友诉欢忧。
凭窗把手真堪醉,挥泪狂歌是梦游。
嵩岳峰巅花木秀,黄河两岸麦榆稠。
人生难忘家乡水,总愿随君荡小舟。

飞车回京有怀

2008 年 4 月 7 日

昨天傍晚六时从郑州乘动车回京,车启动时,看见西边灿烂霞彩沐浴着无边沃野,麦田绿油,菜花黄嫩,家乡的山水一片祥和。闭目看到了京城北海的碧波荡漾,桃花如染,岸柳柔柔。朦胧醒来,窗外是幽幽的京城夜,清凉湿润的春雨绵绵。中原的亲情和燕山的春色都在胸中滋润。有感而记。

飞车搅乱彩霞红,缕缕相思感泪生。
故土燕山同美梦,兰香麦秀共痴情。
中原翠岳遮星暗,北海清波映月明。
梦醒凭窗云带雨,一河春水水流东。

琼华岛上夜

2008 年 4 月 11 日

昨夜一场雨,今晨空气清新而湿润,窗外的紫玉兰雨后更娇美,粉艳艳的映着朝阳,露珠儿荧荧。谁家的窗上有动听的鸟叫,歌音动人,乐悠动心。我在歌声里忘记忧愁,忘记人生的烦恼,我在歌声里感受着春天的气息,感受着人生的美好。朦胧见广阔的草原,我游荡在芬芳的花海,在浓郁的花香里狂奔跳跃,尽情地呼喊大叫。我在清池边看见我的身影,在温暖的湖水里凌波畅游,洗涤我满脸的尘灰,满身的尘垢。如梦如诗的夜色,击节漫步吟成一律。

琼华岛上望星空,水润花香夜色浓。
灯影如虹催爱恋,浮屠似玉鉴真情。
幽幽腻泪一湖酒,烈烈胸涛两鬓风。
幸有灵犀通彩凤,含英欲醉入兰丛。

战友

2008 年 4 月 13 日

春暖花开，阳光灿烂，和高朋李明堂一起到廊坊欢会老战友赵金玉、李振堂，四十年弹指一挥间，相望两鬓霜雪，泪花闪在眼里，情意都在心里。有诗以记之。

一声战友泪花流，岁月涂成两鬓秋。
铁马冰河军旅路，青山绿水钓鱼舟。
人生对酒聚还散，案上烹茶喜也忧。
万里晴空飞纸鹞，条条丝线系心头。

北海夜丁香

2008 年 4 月 14 日

晚上，北海风爽，半块银月在蓝天上，沐浴在琼华岛上，朦胧的灯光下仿佛有美丽的花神蹁跹而至，浓郁的丁香扑鼻拥怀，令人陶醉。享受造化的抚慰，感动人生的美好。人生的许多烦恼和忧伤都在这温馨的夜色里淡然了。

丁香似雾月凝香，风暖波明腻露凉。
紫燕含羞说美梦，婵娟掩面吻情郎。
浮屠欲度花含影，瑶瑟频弹曲对觞。
无奈人生良夜短，星幽两鬓愿春长。

情鸽因缘

2008 年 4 月 15 日

中午，突然看见窗台上落下两只鸽子，一只白色的，一只灰蓝色的，非常亲密地靠在一起，喙吻互碰，咕咕欢叫，不知在说些什么。这是诗意的生灵，令人感动。

忽惊窗上卧双鸽，蓝羽云衣烂漫歌。
尘世因缘连性海，浮屠妙谛度劫波。
含羞交颈愁肠苦，凝睇怀春呓语多。
彼岸恒沙粗细软，空中法雨净清和。

惜春

2008 年 4 月 17 日

晚上，天蓝月明。平安大道上，春天的气息醉人。我享受着生命的春天，诗意的春天让我陶醉。抬头是半圆的月亮在蓝天上，平静地望着喧嚣的闹市。倾杯问月，半掩为何？人间有爱，玉宇无歌。春情太短，岁月蹉跎。花开一季，命运几何。平安是福，好梦谁托？浊泪潸潸，记以吟哦。

良宵把酒问婵娟，何故含羞半面圆？
草木多情春送暖，桃花落尽雾凝寒。
窗前闹市翻浊浪，镜里霜尘染鬓斑。
好梦人生求好梦，平安大道盼平安。

景山月色

2008 年 4 月 18 日

晚上到景山,漫步登上万春亭,四望京华,万家灯火,无穷璀璨。琼雕玉琢般万春亭,高高挺立于京城最高处,凝望着朦胧的夜色。人在夜色里,在花香里,在乐声里享受春天,心中充满感动。乃有诗以记之。

自古婵娟惹梦魂,万春亭里沐芳馨。
山幽曲径行之字,月落竹林写个文。
松下何郎牵素手,兰房有女理瑶琴。
薰风含意云偏少,玉露含香醉恋人。

鹧鸪天·谷雨(三首)

2008 年 4 月 20 日

今天是谷雨节,是柳蔓温柔,牡丹绽放,丁香凝结,桃花灿烂的日子,也是春雨多情,润物生发的节气。画屏一般美景动我心怀,人生在这画屏里增添无穷美丽,生发许多尘世的爱恋和真情,世事的祥和如诗一般凝进心底。

（一）春雨牡丹

谷雨春风抹嫩腮，牡丹含露竞相开。丰容总有情人顾，靓丽何愁贵客来。　花溢泪，我伤怀，相思对景苦徘徊。高吟国色瑶寰韵，未必今生事事乖。

（二）春雨二月兰

春雨催开二月兰，皇园漫步此情欢。香含腻泪泗芳草，绿衬娇容染翠鬟。　骚客醉，钓翁闲，人生甘露是真言。一山锦绣疑无路，颔首折花路更宽。

（三）春雨郁金香

翠羽湖山展绣屏，花承雨露蕊湿浓。郁金香软蓬山客，彩雾缠绵玉宇宫。　心欲醉，泪凝情，瑶台仙女喜相逢。三生爱恋三生苦，一梦欢欣一梦空。

夜游琼华岛

2008 年 4 月 21 日

晚上北海，漫步琼华岛上，白塔耸入夜空，一湖碧水灯光如霞彩，仿膳的红灯似火。清清的风拂面，浓郁的花香让人胸腹为之舒畅。今天是农历十六，月亮应是十五不圆十六圆的夜晚，但高天阴云厚，无月也无星。湿润的清香在心里凝成诗行。

独自琼华岛上游，高天云厚晚风柔。
明湖碧浪翻霞彩，仿膳红灯映秀眸。
忆往婵娟牵我手，今宵美梦望君楼。
谁怜白发织情网，有限春光无限愁。

兰窗幽梦

2008 年 4 月 22 日

晚上，什刹海边一片璀璨，霓虹闪耀，歌舞缠绵，恋迷情人，欢乐歌舞，从每一扇彩窗上溢出来。湖上游船在幽暗的水面上飘荡，软绵的乐曲从船头浮荡悠悠。一幅新时代的清明上河图在眼前，有诗意在心里。

五彩喧腾夜，霓虹醉管弦。
星稀窥素影，月小对空帘。
窃笑唯闲坐，相思难入眠。
兰窗幽梦好，含泪到巫山。

问月

2008 年 4 月 25 日

静夜听眠鸟,叽叽吒语忧。一帘风露细,泪落故乡愁。独坐床前,窗外蓝天高远;俯身书案,凝思月在楼头。惨淡寒星,令人伤感;缠绵云絮,惹我轻讴。望南天而忆旧,乃吟诗以记之。

天宫何冷夜何长,独坐床前问月娘。
芍药翻成灵药苦,桃花不让桂花香。
文君司马弹瑶瑟,宋玉登徒对楚王。
恨是多情欢娱少,伤怀鬓老惹轻狂。

阳春

2008 年 4 月 26 日晴

和赵伟一起到平谷,一路春风,一路艳阳。满目草长莺飞,处处花容灿烂,碧水共蓝天一色,青山与沃野相连。人在造化的赐予里深感无比畅快。与老战友坐在一起,人生漫漫,岁月蹉跎,转眼三十九年过去,不禁感慨万端。

原野浮香满目新,莺飞鸟唱柳蒙荫。
风开碧浪知寒暖,水落蓝天共雨云。
中岳燕山千里路,村池客路四十春。
赧颜镜里霜毛冷,无限情怀忆故人。

友朋

2008 年 4 月 28 日

昨天晚上,高朋高俊和贾群在国二招宴请新知旧雨,感动友情之珍贵,感慨人生之美好。归来有句以记。

  诗朋词友聚琼楼,雅韵高吟喜泪流。
  天道无亲不足虑,尘生有爱复何求。
  胸中热血翻红浪,眼底青山跃紫骝。
  馔玉钟鸣人未醉,君携神女凤池游。

鹧鸪天·牡丹花谢

2008 年 5 月 2 日

昨夜一场小雨,北海园中清爽宜人。草坪里成片的牡丹花衰谢了,曾经夺目的辉煌不再,动人的滋润变成了枯涩。我从濠濮间走过,满坡的二月兰开放着,满眼的绿色湿润着,花香溢怀,让人陶醉。皇苑春秋变换,牡丹花开花谢,世事兴衰更迭。悲喜人世难料,命途欢娱几多,想来怎不伤感。乃思花漫步,对景吟哼,记以情怀也。

  沐浴晨风北海游,牡丹花谢惹人愁。曾经凝露瑶台见,眼底香消粉艳休。 春渐老,水常流,天华法雨我低头。皇园难育真国色,徒有相思到凤楼。

金刚台

2008年5月4日

金刚台在河南商城东南，山势雄伟，群峰奇秀，历史悠久，气候宜人，是美丽神奇的旅游景地。有诗家朋友约以诗颂之也。

金刚台上沐长风，吴楚中原一望空。
夏禹商汤都不见，秦皇汉武亦朦胧。
普门总有三山月，尘刹常攀九座峰。
数尽恒沙寻倒驾，缘随法眼仰圆通。

佛说

2008年5月7日

坐在"香食里"酒店，窗外是玉白的佛塔，脆脆悠远的梵铃响在耳边。听诗斋静静，仿佛听见法鼓沉沉，钟声阵阵。眼前有曼陀花的融融曼妙，也有菩提树的色相空空。有诗意在佛号经声里弥漫，乃吟而记之。

尘心无罣碍，拙眼对苍茫。
有志登觉岸，随缘坐慧航。
莲池浮月相，法雨沐慈光。
钟鼓梵音静，烟云瑞气香。

眉月

2008年5月8日

　　湿雾朦胧，一湖乳，闪耀着灯光，像冰激凌上的点缀，柳裙飘舞，淡香悠悠。一钩细弯的月在琼华岛上悬着，掩在柳裙里，羞羞可人儿。有缠绵的乐声响起，缭绕湖边林里，从波上荡过来。

　　琼华岛上月眉弯，仰望天蟾我不眠。
　　好梦难求谁与共，寒灯孤影泪如泉。

夜

2008年5月9日

　　风清清，月淡淡，芍药花开了，有浓的香气氤氲。有思乡的情绪在花开的时节，诗意在静夜里悠悠。

　　夜色朦胧芍药香，浓情蜜意醉柔肠。
　　瑶台也恋人间好，一路相思到故乡。

鹧鸪天·芍药 （三首）

2008 年 5 月 10 日

早晨到北海散步，阳光涂染嫩绿的草坪，绿毯托起鲜艳的图画，芍药粉艳艳在阳光里灿烂，浓香馥郁在游人怀里。高天蓝蔚，燕子在人们头顶上啁啾着，鸟的叫声在林梢上悠悠。无数的游人驻足在花香里，我的诗意也陶醉在五龙亭里。

（一）

芍药花开满目春，芳华不让牡丹魂。一层香蕊一层润，半是奇葩半是神。　思洛水，笑龙门，谁都想做洛阳人。娇羞尽展争国色，福贵常因玉帝亲。

（二）

芍药花开醉美人，红颜靓丽染芳襟。朝霞绕乱相思绪，嫩蕊娇羞带泪痕。　经雨润，更清新。鹃歌如泣我情亲。临风忽见双燕子，也爱闻香也爱君。

（三）

杜宇啼开芍药唇，半含半吐味清馨。三千法相无空色，万朵芳容不染尘。　游客醉，嗅香醇，春衫更比百花新。园中净土承甘露，五彩云霞染普门。

半月轻拂芍药开

2008 年 5 月 10 日

高天蓝蔚，一弯月在天上，在湖里，静静波光里，是斑斓的画卷。岸上芳草丛中，芍药花开的香气令人陶醉。于是徜徉其间，吟成以记。

芍药唇开吐蕊柔，含娇凝露溢香流。
婵娟半掩云遮面，一瓣儿相思一瓣儿愁。

雨中芍药

2008 年 5 月 11 日

雨淅淅沥沥。绽开的芍药花瓣上缀着点点透明的水珠儿，像美艳的脸庞上多情的泪，晶莹着清凉，馥郁着鲜美香润。

园中芍药雨中人，蕊露晶莹动我心。
愧悔生成双脚兽，何如一叶伴花神。

什刹海

2008 年 5 月 12 日

什刹海边，绚丽的湖上五彩缤纷，舞场上的乐声悠悠，湖上的游船荡漾在波上，波光都燃烧起来。这是京城最繁华的地方，最富诗情的夜色。乃吟而有记。

人游什刹海，欲渡苦无船。
有梦天河会，偏逢月不圆。

满江红·汶川地震

2008 年 5 月 13 日

昨天，四川汶川大地震，有七点八级，和唐山大地震一样严重。我立即想起了唐山大地震的惨烈场面，多少生命会在灾难中逝去，多少家庭会陷入失去亲人的悲痛，我的心有无尽哀伤。

地底妖魔，施暴虐，山崩地裂。转眼间，血光涛卷，川巴摧圻。杜宇含悲啼苦泪，苍民何罪逢饕餮。望西南，噩耗动全球，人凄恻。　锦江恶，岷峨劣；造化险，天作孽。叹无情炼狱，举国呜咽。闭目凝听生死讯，为君弹奏招魂乐。举酒酹，大难可兴邦，千秋业。

湖边雨后

2008 年 5 月 14 日

晚上，雨后的北海轻雾缠绵，半圆月在蓝天上，琼华岛在夜色里幽幽，柳蔓低垂，湖水闪着五彩的光。走过岛下长廊，酒香浓郁，乐声悠悠，林中舞者在乐声里旋转，大红灯笼映在水中，碧水也沸腾着热烈。我有诗行的记忆。

北海湖边望月明，琼华岛下绕廊行。
灯红水漫春波暖，酒绿歌旋舞步轻。
常恨尘身非我有，萦怀恋曲共谁听。
芳园沐雨浊污少，浴后婵娟半面空。

过滕州薛城

2008 年 5 月

16 日，与王德虎、李一信等赴滕州薛城拜谒孟尝君墓。墓园在麦田里，麦正秀穗，整齐像修剪的艺术品。淡淡的烟霭在整齐的麦穗上缠绵着。墓园里鲜艳的美人鱼花正盛开，热烈地装点在门外道路两旁，像两条鲜红的彩带铺开，红红的像燃烧着的火苗，在这绿绒的麦田里更显艳丽，鲜花让肃穆中的墓园增添了喜悦。

薛城故地吊田文，沃野残墙遗旧痕。
血战皆为争霸主，攻交无计胜强秦。
弹铗卖义真门客，狗盗鸡鸣非圣人。
定有幽灵携鼠辈，坟头绿草伴花神。

赠王云（二首）

2008 年 5 月

王云先生是齐鲁滕州名家，古藤棋社创始人，著名的围棋活动家、画家、书法家，侧楸围棋盘的发明者。性情高雅，琴棋书画诗酒茶七艺俱佳。2008 年 5 月 16 日，云兄盛邀诗朋词友前来棋社，庆祝棋社成立二十周年，感慨良多，涂抹以记情怀。

（一）

诗朋结伴到滕州，把手云兄笑满楼。
天下一局十九道，枰中两势五千秋。

（二）

看尽黑白万事休，棋盘酒案可消愁。
局终柯烂多情友，眼底乾坤是侧楸。

拜谒孔府

2008 年 5 月 17 日

　　与众诗友来到孔府参观。孔圣在世时常慨叹儒道之不兴，凄惶于穷途。两千年沧桑变换，孔子之名再次重于天下，师道之尊、儒雅之尊、文明之尊又被世人推崇。有怀而记。

　　中华万代沐光熙，鬓老身闲拜谒迟。
　　泰岳青峰堪仰止，黄河流水亦如斯。
　　曾悲凤落邹人邑，可叹麟伤儒道羁。
　　汉业盈虚无定数，而今盛世仰先师。

泰山南天门感怀

2008 年 5 月

　　18 日上午，在灿烂的阳光里沐着春风来到泰山南天门前。四望苍山如海，一生向往之尊。岭绵延而锦绣，崖峻峭而雄浑。听凤鸟啼歌，叹多情之造化；看祥云淡淡，舒旷放之清心。老杜何其壮也，吾侪不过微尘也。乃感慨有记。

　　不愧江山泰岳尊，腾岚浮翠到天门。
　　神州雅秀催人泪，瀚海风云卷我襟。
　　玉篆金文踪迹旧，春光紫气物华新。
　　轻身健步登绝顶，恰似林泉一细尘。

悼

2008 年 5 月 19 日

今天是全国哀悼日,连续三天。早上四点多,天安门广场下半旗,下午 14 时 28 分至 31 分,全国静默 3 分钟,鸣笛。14:28,悲哀的笛声响起,我在九层楼办公桌前静默,眼前浮现着四川汶川地震灾区的惨烈情景,窗下永安寺的白塔玉润融融,杜鹃在枝头的啼叫满含悲苦,十字路口所有车辆行人都停了下来,行人低头肃立,车辆放声悲鸣。整个京城在此刻凝结一团悲酸的泪雨。

楼头含泪望浮屠,玉砌冰雕法相殊。
杜宇悲情啼命苦,警笛愤怒对天呼。
幽怀感念川乡土,噩梦难寻故地屋。
无量普门如有意,慈航度我到成都。

我们都是汶川人

2008 年 5 月 20 日

全国哀悼,下午 14:28,我在九层楼办公桌前站起身来,耳畔是汽笛警报的悲鸣,血脉相通的炎黄子孙都在为大难中失去生命的人们哀悼,灾难让人心连得更紧,所有人都在默默为远行者祈祷,默默告慰逝者:我们都是汶川人。

魔妖暴虐动惊魂,无数苍民遇死神。
巴蜀鹃歌皆苦泪,神州燕叫倍伤心。
瀛台望尽三山雨,华表缠绵四海云。
国祚齐哭天下吊,我们都是汶川人。

有感（二首）

2008 年 5 月 22 日

晚上北海游，云厚无月，花香浓浓，仿佛那香气从浓密的树冠里往外流淌。湖中闪着幽幽的波光，杜鹃的叫声在夜空里回荡，让人心有怆然。

（一）

我是乡间苦命人，蹒跚客路似游魂。
高天无月云层厚，难见蟾宫玉宇神。

（二）

我在琼华岛下游，浓情蜜意到心头。
倾翻北海湖中水，难解残生一半愁。

谒微子墓（二首）

2008 年 5 月

5 月 16 日下午，王云兄与诸诗友乘船过微山湖，到微山岛凤凰台上拜谒微子墓。登台四望，齐鲁风涛浩荡，微子青冢高耸，一团绿润葱茏，贤臣微子魂魄也在凤凰台上，数千年沧桑风雨，一定缠绵在他的魂灵里，江山依旧，烟波茫茫，能不动容而歌吟。

（一）

微山湖润凤凰台，齐鲁风涛卷壮怀。
万代贤臣人共仰，千年碧水洗尘埃。

（二）

忠臣自古太多情，热血常为社稷红。
微子坟前空有泪，一湖碧浪一湖风。

北海晨景有怀

2008 年 5 月 25 日

酒绿灯红非我愿，凭栏苦忆濠濮东。陆游有句：同心不同居，忧伤以终老。老夫常做青春梦，龚冷筋衰梦不成。人老多无奈，常因岁月愁。几株杏树上结满了圆溜溜的杏子，绿而密，引得游人驻足，草坪里几对鸽子在觅食，云中杜鹃不停地啼叫，叫得人心里酸楚，坡上的二月兰和野菊花一片绚丽，几只瘦蝴蝶在花间飞舞。散乱的诗意在心里。

花是浓香杏是酸，蜂叮蝶恋嫩芳兰。
云中杜宇啼清泪，水上鸳鸯梦彩莲。
仿膳厅台歌伴酒，琼华岛下管和弦。
吾侪总叹风光好，梦里青春不复还。

北海夜景有怀

2008 年 5 月 26 日

晚上的北海风清爽爽吹在绿柳白杨身上，沙沙絮语，柳裙乱舞，杜鹃在夜的长空中飞过，悠悠的悲啼让人心碎，曾经灿烂芬芳的芍药花谢了。人在花香里，听波浪悠悠亲吻着岸边。有诗意在心里，吟哼漫步以记。

鹃歌泣血恁愁人，一缕孤魂恋醉魂。
北海湖中波涌浪，东楼栏畔泪沾裙。
千年梦寐兰台雨，咫尺缘求琼岛云。
芍药无香花惨淡，芙蓉带露水淋淋。

端午有怀

2008 年 6 月 8 日

农历五月初五端午节。早上的北海，朝霞灿烂，波光粼粼，游人如织。杜鹃一声声在云中啼泣。这个端午使人想到了四川大地震中的父老乡亲们，杜鹃的叫声更多了一重伤感。有乡愁在心里凝成诗句。

云中杜宇诉悲欢，榆麦情深系汶川。
饕餮疯狂人似蚁，民瘼痛煞泪如泉。
关山路远无从问，江水翻波见却难。
遥望西南多眷恋，诗怀浸酒对谁言。

半月

2008 年 6 月 12 日

晚上北海，半块月在湖上悬着，氤氲一团浑浊的光。一湖水融融似乳，灯光映入湖水，幽幽像星彩点缀在奶酪上。漫漫人生路苦，悠悠故里情悠，乃击节吟哼以记。

凭窗拜月月娘羞，半掩云纱半掩柔。
爱恋常思三五后，悲情难忆四十秋。
乡关有雨偏无讯，梦海无风却有愁。
玉宇琼宫灵药苦，鸡豚芹藿醉蓬头。

夜色

2008 年 6 月 15 日

北海公园濠濮间水幽幽，朦胧的亭子下有洞箫呜咽，一曲梁祝在夜色里回荡，我坐在栏边，听那伤感的乐曲催人下泪。有花的暗香袭来，有隐隐的花影，有竹林的细语，有无序的诗行。

北海湖边夜色幽，多情花影动人愁。
高天碧水琼华岛，玉管轻歌仿膳楼。
忆往常怀鸳侣梦，今生难做凤凰游。
风前柳带随君舞，石上泉流伴泪流。

有怀无题

2008 年 6 月 17 日

人生应该追求完美，但不完美的人生才是真实的人生。夜幽幽，波绚丽，胡琴的曲调柔柔，杜鹃的歌声划过，在心头留下深深的划痕，疼得人流泪。感慨人生无奈，涂抹以记情怀。

过客匆匆鬓染霜，人生何处凤求凰。
多情最怕尘缘短，爱恋常随苦命长。
不尽相思悲泪断，徒劳美梦惹神伤。
三更夜静听春雨，且认他乡是故乡。

兰花

2008 年 6 月 19 日

一枝兰花静静开放在绿丛中，粉艳艳映在窗上，与窗外玉润的寺庙白塔呼应。有杜鹃的歌声在窗前飘过。人生都似这花一样荣谢，可有谁似这花一样灿烂呢！

兰花初绽恁多情，粉雾含香玉露浓。
恰有鹃歌啼嫩蕊，幸无蝶赖戏芳容。
窗临净土因缘妙，面对尘嚣色相空。
宏愿慈悲心已老，英华荣谢意难平。

有梦无题

2008年6月20日

午后在会议室沙发上小憩,入梦,云游天宫玉宇,锦瑟悠悠,霞彩绚丽,玉露清莹,雾缕缠绵,婵娟漫舞,芙蓉池润,心为之动。梦醒身在九楼,惆怅若有所失。于是援笔以记梦思也。

一梦仙台锦瑟悠,红霞玉露雾丝柔。
灵芝尽让婵娟苦,王母应怜后羿愁。
激浪翻成雷雨注,投壶立现电光流。
多情欲揾芙蓉泪,梦醒方知在九楼。

相见欢·双莺

2008年6月22日

早上七点半,我悠哉濠濮间边,突然看见一只红顶花衣的鸟飞到石崖边的一棵榆树上,啁啾叫着,又一只同样绚丽的鸟飞到它的身旁,原来是一对美丽的啄木鸟。两只鸟互相亲吻一阵后,其中一只开始啄树干,嗒嗒嗒一串木琴一样乐曲。我突然看到了神奇的一幕,只见它啄出一只虫子,自己没有吃,却放进了旁边另一只的口中,那一只惬意地仰起脖子把小虫咽下,而后又歪着脑袋滚动着小眼睛看它的伴侣忙碌,另一只继续敲着树干,不时回过头来亲吻一下另一只。有游人走来,啁啾一声,双双飞向云中。我为这一幕感动着,有句以记。

团团绿叶融融，掩双莺，霞暖波明翠羽影朦胧。殷勤语，销魂意，吻香浓。多少缠绵岁月在云中。　　相怜相爱相疼，共思凝。不羡琼楼玉宇恋高风。悯枯木，寻病树，捕恶虫。看尽江山万里更葱茏。

有感

2008年6月25日

窗外天阴沉起来，浓浓的云气蒸腾着，一阵湿润的雨落下来。心如乱絮，感慨有记。

柔风带雨沐葱茏，绿润红娇各不同。
微命常求听笑语，余生有梦恋柔情。
窗前春去堪眠酒，眼底秋来可赏英。
肝胆莹如冰雪净，身心淡似羽毛轻。

夜雨感怀

2008 年 6 月 29 日

北海公园里烟雨蒙蒙，湖上蒙着一团雾，五彩的灯光在雨雾中显得很神秘。濠濮间里静静，空气湿润的浓浓。杜鹃在云里叫着，声声如诉，叫得人心里流泪。想起故里童年的苦难，有乡愁凝成诗句。

非烟非雾非梦游，夜雨潲潲似泪流。
柳暗琴声谐杜宇，波明醉舞效庄周。
淹留羁旅常迷路，曾在蓬瀛一散愁。
垂暮才觉乡土厚，何人伴我到中州？

鹧鸪天·雨中浮屠

2008 年 7 月 1 日

窗前白塔寺沐在雨中，远处香山在烟雨中朦胧，有低沉的雷声滚动，有杜鹃的叫声在云中悠悠。人生在雨中，在杜鹃的歌吟里，酸甜都像酒一样浓醇。也有诗意的浓烈在心里。

浓雨多情沐我心，花明柳暗恁伤神。香山渐没千峰秀，宝刹清悠一片春。　　双燕子，问愁云：慈怀善友是何人？铅华洗净无空色，紫萼青藤丽影真。

并蒂牵牛

2008 年 7 月 2 日

田老师在窗前花盆里种下的牵牛花今天突然绽开了八朵，煞是艳丽，令人惊喜，又见其中两个并蒂花开，中间夹着一个花蕾，煞是可爱。胭脂色的花朵在阳光里妩媚娇羞。是造化的美丽，是诗意的凝结。

两朵牵牛并蒂开，相携幼蕾育花胎。
朝阳软语摇疏影，夜月亲昵感梦怀。
翡翠琼钗抒雅韵，青藤柔蔓醉形骸。
多情双燕飞来问，造化吟催泪满腮。

有感

2008 年 7 月 6 日

夜色中的北海，一钩细月隐进云里，一湖白亮亮的乳，柔柔的波缀着神秘的灯光，湖岸的琴声悠悠，歌舞在幽暗的林荫下、在五龙亭里、在琼华岛的甬道上欢悦。在这祥和的图画里，望千年一碧湖水，思白驹一跃人生，感命途真情之难遇，不禁潸然。

窗槅细月淡淡星，耳畔琴歌诉我情。
琼岛灯摇湖水静，龙亭乐奏御园空。
芳华梦到三千里，雪鬓描成两扇屏。
欲问婵娟何恁瘦，相思太苦恨无穷。

读贤兄伯翱《五十春秋》感怀（二首）

2008 年 7 月 12 日

7月4日收到贤兄万伯翱新著《五十春秋》，喜不自胜，读如渴饮，心有感慨。凭窗北望，钓鱼台掩映在一片绿荫里，一带清流涂染蓝天白云，岸柳在阳光里柔柔。绿荫里欢歌劲舞，牙板琴弦，一片祥和。书中领袖元戎们的风神俊貌历历在目，华章流韵，令人击节。有感涂抹，以记情怀，并谨呈贤兄一粲。

（一）

华章灿烂五十秋，跋涉耕耘雅韵流。
湖海江河皆壮气，元戎领袖共洪讴。
文词似见陶公手，欢笑常随钓客舟。
掩卷凝思情感泪，吾侪有幸伴君游。

（二）

凭窗北望钓鱼台，翠幔花廊紫气徊。
宝马香车鱼贯入，高朋贵客比肩来。
浓荫旋舞烟云紫，彩棹骋波碧浪白。
万缕春风熏醉魄，一竿忧乐伴雄才。

沁园春·荷池

2008年7月13日

北海濠濮间，阳光霞彩涂染，池水清碧，荷花开了，艳艳在水面。老榆树枝头有莺歌动人，水中游鱼跳跃。岸上人纵情歌舞，有幽幽的箫声呜咽，脆脆的笛音悠扬。芙蓉水润，惹我愁肠。多情鬓老，泪写词章。

一碧池塘，粉嫩荷花，蕊润色娇。有雕梁画栋，丝竹弦管，奇石嘉树，牙板笙箫。舞侣轻盈，游鱼跳跃，霞彩缠绵九曲桥。榆树老，也婆娑翠幔，荡漾风骚。　　欢欣四岸歌潮。愿美艳常随岁月遥。伴莲香好梦，曦溶玉露，烟熏醉魄，水漫琼瑶。俯瞰凭栏，轻吟苦泪，造化情催两鬓毛。听杜宇，叹尘心浊虑，愧对妖娆。

鹧鸪天·有怀

2008年7月15日

晚上，我站在湖边，望一块月像金饼贴在朦胧的天心，一湖乳白色的波上，不时有眠鸭在渚的梦呓，岸上的笛声琴声悠悠，多情的虫儿在浓密的草丛里低吟，风掬了湖上的湿润吹到身上爽爽，柳的墨裙在清风中飘舞，闪耀的灯光像无数的眼睛神秘幽幽。家乡太远，鸡声雾缕都在心中缠绵。

银汉无星怨素娥,愁眉暗淡望楼阁。云浆浓郁催清泪,桂影朦胧舞香罗。　　莺断续,柳婆娑,心潮恰似满湖波。眠鸭梦到家乡水,红是游鱼绿是河。

满江红·大雨

2008 年 7 月 18 日

上午十时,窗外大雨突降,哗啦啦打在窗上,雷声滚动,电闪青峰,云堆涛卷,雾漫朦胧。人涌动,车逶迤,惊沙喧嚣,雨浪簌簌。雨停了,阳光更加灿烂,蓝天更加清明。令人胸怀激荡,感慨万端。因涂抹以记。

大雨忽来,风簌簌,雷轰战鼓。惊沙卷,千军倾覆,马群奔虺。闪电撕开浓墨雾,银河倒泻瑶宫瀑。海潮翻,霹雳动魂灵,心慌觫。　　何壮阔,沧桑土;抒怀绪,驰远目。洗江山万里,飙车玉路。仰首楼头莺燕舞,凝听霄汉鲲鹏赋。昶清音,灿烂待晴日,歌黎庶。

荷塘

2008 年 7 月 22 日

夜北海，站在琼华桥上，爽风吹来满湖荷香，岸柳在风中婆娑，笛声在朦胧的灯影里悠扬，激越的歌声从五龙亭里传来。月在云中露出一块光斑，有虫吟鸟唱在草丛和枝头飘浮着。乃记以诗意。

琼华岛外满湖香，墨柳裙风惹我狂。
灯影轻摇花已醉，廊桥望尽碧波长。

君心

2008 年 7 月 23 日

晚上北海湖，无月亦无星。风吹湖岸柳，灯映碧波明。一曲梁祝调，悠悠尽含情。心似湖中水，云静波不平。仰首天幕远，低头满眼空。口占抒爱恋，难写是人生。有诗。

君心似水浪翻腾，燕燕于飞杨柳风。
枝上兰开求彩凤，窗前蝶舞逗春莺。
良宵苦泪蓬山远，好梦欢歌瑶岛通。
雨雾忒浓云太厚，恒沙有数恨无穷。

北海荷开

2008 年 7 月 26 日

一湖荷花在朝阳里灿烂,清风徐来,清香弥漫园中,醉了无数游人,荡漾无穷欢舞。杨柳风都飘来荷香,诗意也在风中酝酿着。

北海园中水一盆,芙蓉灿烂舞香裙。
鱼游碧影清波浅,蜂恋芳唇玉蕊深。
瑶瑟频弹歌溢岸,彩船欢笑泪凝心。
兰桡已乱红霞暖,嫩萼常怀雨露春。

听琴

2008 年 7 月 28 日

二胡的乐曲从波上悠悠荡过来,《江河水》和《二泉映月》的曲子极凄苦,想起家乡,想起老母,止不住泪水洒在茫茫夜空。我在五龙亭的廊椅上,望浩渺碧水,吟成一律记我悲情。

听君弦上诉凄情,缕缕乡愁百味生。
千里江河连我梦,卅年日月与谁同。
推弓逆咽如撕锦,顿挫崩珠似裂冰。
曲尽方知身是客,一湖苦泪一湖风。

宴友

2008 年 7 月 29 日

傍晚在南锣鼓巷鱼儿梅厅，约与赵京战、刘宝安等诗朋欢会小酌叙话，谈诗论艺。在喧闹的京城里，这里是闹中有静的小巷。人生在这一刻也宁静而淡泊，因有感而记。

梅厅劝酒共君欢，一例诗怀几世缘。
耳畔黍离悲子美，眼前狂楚愧谪仙。
文风百代今非古，雅颂千年去复还。
自是多情骚客苦，青丝拈断泪如泉。

夜雨荷香

2008 年 7 月 31 日

晚上下起了大雨，我打着伞走在北海园中，雨沙沙响，滴在我的心里。站在永安桥上南望，一湖荷香扑面，荷的清香和浮屠的静穆一起融进我的胸中，我为荷的清静和芳香感动。有感涂抹以记。

一湖菡萏夜来香，岛上浮屠住寂光。
慧海芳容皈妙景，清池艳色伴慈航。
心承法雨游燕塞，情注莲花返故乡。
仰首云中黄鹤远，诗成涕泪暗神伤。

月夜五龙亭

2008 年 8 月 1 日

晚上的北海，风清爽利。一湖波光粼粼，红灯映在水里一片绚丽，五龙亭里弦歌欢舞，人影绰约。这是休闲的园林，是诗意的淡泊。老友相逢，话题自然是即将开幕的体育盛事，皆欢欣鼓舞。乃吟而记之。

　　欢歌笑语五龙亭，人影朦胧灯影红。
　　游客相逢说奥运，湖中月映满天星。

濠濮间之晨

2008 年 8 月 2 日

早上北海濠濮间里，朝霞映进水中，阳光金块一样闪耀在草坪里，池中的荷花绽开，艳艳点缀在水上，花瓣落在水面悠悠飘动着，亭牙枝梢是翠鸟莺鸽的喜悦，它们是天然的歌者。

　　闲坐濠濮间水边，荷花翠盖叶田田。
　　游鱼不动听牙板，一对情鸽卧翠岚。

八月

2008 年 8 月 3 日

在北海永安桥上感受晚风的清润，沐着湖里荷花飘来的清香，垂柳在风的舞动下摆动着墨绿色的裙裾，无数游人在朦胧的灯光里悠悠。听得见他们议论的内容，都是对奥运会的期待和欢欣。这是人心所向，也是家国强盛的反映。乃诗以记之。

京城八月夏风醇，绿树红花奥运魂。
四海激情催健将，五环神韵动人心。

夜荷花

2008 年 8 月 4 日

晚上坐在北海南湖东岸，有爽爽的风，满湖的荷香舞动着墨色的柳裙，云中的莺歌动人，几声犬吠也很亲切，蝙蝠们叽叽叫着在雾缕里穿来飞去。夜的图画令人神往，荷香缕缕令人陶醉。歌声阵阵，情侣双双。草树朦胧在华灯灿烂的湖边，有诗在心里涌动。

荷花香透柳裙风，水上眠鸭树上莺。
犬吠惊因云絮重，蝠飞喜是雾丝浓。
廊桥牵手凝眸痛，甬路相依苦泪同。
此夜难别相望久，含情一笑各西东。

七夕无月

2008 年 8 月 7 日

　　七巧节是天上牛郎会织女的节日,也是中国人的情人节。北海湖波荡漾,无月也无星,更没有看见天上的银河闪亮的鹊桥。湖边岸柳轻摇,有清馨的荷香飘来。眼望琼华岛上白塔,多情的夜晚令人感动。有句以记。

　　悲喜都因此夜情,何人不盼鹊桥通。
　　倾身琼岛堪说愿,默拜浮屠可诵经。
　　命运天华千万里,灵犀法雨一航程。
　　风来乱卷莲池水,燕叫凝愁泪眼空。

此日(二首)

2008 年 8 月 8 日奥运会开幕日

　　今天是第二十九届奥运会开幕日。人民大会堂,胡锦涛举行盛大宴会欢迎各国贵宾。昨晚是农历七月七,中国人传统中一个吉祥日,今天,也是一个好日子。这样的日子,在我一生中可能只有这一次。这就是命运。当我老去,也会记得这个日子,因为太重要太特殊了。

(一)

　　七月八逢八月八,莲池水润绽奇葩。
　　天香不止瑶池有,一朵随缘到我家。

(二)

四海祥云绕物华，鸟巢欢舞伴红霞。
流年催我人老去，难忘今宵八月八。

菊

2008 年 8 月 10 日

　　琼华岛下一片菊花开放，清香淡淡，虽然酷热，菊的开放让我感到嫩秋的清润，栏下一湖荷花仍然灿烂，园中歌舞欢腾，一片祥和。突然听到了滚滚雷声，雨点就带着空中的清凉落下来了。走在雨中，酷暑正在雨中消散，湖上的欢歌在雨中沸腾。

雏菊呼唤嫩秋来，烂漫琼华岛下开。
柳带随风舒爱恋，船歌起浪诉情怀。
殷雷搅乱娇颜粉，酷雨淋湿鬓雪白。
也有芙蓉花未老，清香依旧绽红胎。

雨后荷塘

2008 年 8 月 11 日

雨后北海南湖，水更润，叶更绿，荷花更娇美，风爽爽拂着绿裙一样的柳带，满园都在清香里，歌声琴声在舞步里更悠扬。诗意在心里悠悠，乃吟而记之。

雨后荷塘满，风前柳带妖。
人随清气爽，花卧浪蝶娇。
莫叹尘生短，堪嗟故土遥。
听琴思碧水，坐岸沐春潮。

南湖

2008 年 8 月 13 日

北海南湖，荷影幽幽，菊影朦胧，清香淡淡，烟纱飘渺，站在琼华岛下，永安桥上人来人往，那晃动的人影都是人世间鲜活的精灵，都有着多彩的人生图画。感慨家乡人远，只影了了，令我心忧。

南湖荷影瘦，北海晚风香。
怀远常流泪，思君欲断肠。
多情人老去，有梦我还乡。
苦恨天何短，凭栏夜露凉。

秋雨

2008 年 8 月 14 日

午后大雨瓢泼一般,窗外街上车辆行人朦胧一片,白塔被雨洗浴,多了一层湿润,它静静地看天水洗浴这喧嚣的尘世。风凉了,有秋的爽利,路边的菊花沐着秋雨,在秋风里更艳,朦胧的云中似乎有雁影掠过。秋雨让人感叹生命的短暂。

秋风秋雨送秋凉,秋水黄花秋后香。
宝刹堆烟呈妙应,浮屠沐浴显灵光。
生途称意天才短,美梦无缘夜却长。
雁影一双何处去,祥云五色看夕阳。

问月

2008 年 8 月 18 日

傍晚下了一阵雨。天上云很厚,见不到圆月。白塔在灯光照耀下明亮亮耸入夜空。我站在桥头,听得见水中不时有鱼儿跳起的哗啦声。南湖的荷香在朦胧中弥漫。清清的风来,吹动心湖诗意的波纹,乃吟而记之。

问月当圆却不圆,高天云厚掩婵娟。
谁曾有幸偷灵药,我愿随心到广寒。
万里长空飞紫燕,一蓬玉树绽红兰。
折来欲戴娇娘鬓,好梦人生二百年。

永安寺之晨

2008 年 8 月 23 日

　　早上北海，万里晴空，蓝蔚祥和。我正在悠悠往永安寺白塔漫步，突然看见半圆月，清润白晰正挂在白塔尖上，塔身雄伟伸向天宫的婵娟，蓝天没有一丝云，飞翔的鸽哨悠扬，林中翠鸟啁啾，无数的游人欢舞歌唱。我站在塔前小平台凭栏远望，京城美景尽收眼底，远处燕山蓝卧起伏，心胸为之壮阔，感动而吟成各句以记。

　　　　半月娇羞半面空，婵娟沐浴碧波中。
　　　　琼华翠幔梵音静，承露金盘玉液浓。
　　　　满目祥和无限意，一湖欢笑几多情。
　　　　释迦若有真神力，莫让嫦娥卧冷宫。

嫩菊

2008 年 8 月 24 日

　　29 届奥运会今天闭幕，公园里人更多，欢舞歌潮更烈，喜庆氛围更盛。永安桥头的朝霞里，有幽幽的嫩香弥漫，是初秋的嫩菊开了。众人都说春华好，我看秋菊更动人。一湖水融融，一片柳柔柔，一湖荷艳艳，让人感动这繁华盛世，庆幸人生境遇。站在湖边，有感吟成以记。

　　　　园中喜见嫩菊开，魏紫姚黄感我怀。
　　　　过眼风薰千缕翠，关心雪染满头白。
　　　　霞柔细蕊蜂怜爱，水润垂丝蝶坠钗。
　　　　放浪春神莫得意，闻香品逸待秋来。

诗心

2008 年 8 月 26 日

千古以来,诗人之怀多愁,诗人之心多感,与国与家都多情。但社会从来不是诗人左右得了的,他们只以自己的心血为时代歌唱。诗友来信说,一老诗人九十寿,病卧不起。儿子将他一生的心血诗作付之一炬。问其故,复言:这些东西有什么用?读来伤感。

自古诗人最有情,江山社稷动心旌。
高怀万壑昆仑重,冷眼一丘岱岳轻。
对酒狂歌通大块,临池弄墨起洪声。
千年尽是炎黄韵,难改今生李杜风。

回乡祭母

2008 年 8 月 27 日

28 日老母忌日周年。车窗外秋的沃野无边。想到魂魄在乡野游荡的老母,心里酸酸。前几天有梦,陪老母在什刹海边散步,问我咋不回家。梦醒悲伤。飞车归来故里,到老母亲坟前祭奠。闭上眼,泪从心里流出来。

燕山归燕叫,千里动秋云。
客路连桑梓,乡愁入梦魂。
菊花迎我辈,池水映乾坤。
谁愿青丝旧,风吹墓草新。

梦见牵牛花开

2008 年 8 月 28 日

　　回到家乡,却梦里见窗前的牵牛花在秋阳里开了九朵,那美丽的花朵在眼前晃动着娇美,艳艳的令人感动。就看到原野路旁的牵牛花果然都点缀在草丛中。京华故里,是老母的牵挂在我心里,在我的苦命里。有人生的诗意记我乡愁。

　　牵牛藤蔓系中州,千尺丝连万里愁。
　　原野多情生碧草,柴门有幸望红楼。
　　池波暗笑才华陋,岸柳深怜鬓发秋。
　　醉梦窗前开九朵,花明水润到心头。

上坟

2008 年 8 月 30 日追记

　　为老母上坟,悲伤苦痛。坟前芳草萋萋,青烟在秋天的青纱帐里弥漫开来。叩拜老母,心里许多惭愧,人生的残酷和无奈都涌上心头。无边的秋野茫茫,老母的魂灵在哪里,她听得见我的呼唤吗!

　　回乡祭拜祖先坟,又见忧伤老母魂。
　　无数晨昏皆苦恨,八十岁月少欢欣。
　　膝行泣血尘和泪,布奠牺牲酒满樽。
　　缕缕烟循泉路去,一声长叹动层云。

白牵牛

2008年9月2日

　　秋天的牵牛花开得更多更艳了，见一朵白的牵牛花张开纯洁的花瓣在阳光里闪耀，花瓣上有五颗血红色图案，星星样闪着湿润明亮的光。多美的一朵白牵牛花，而且是在秋天的阳光里开放着灿烂，心生无穷美妙的感动。我是乡村长大的，原野里的花朵永远令我感动。乃为之记。

　　牵牛花带碧萝裙，玉是精灵雪是魂。
　　朵朵悠然凝粉雾，一蓬爽朗卧白云。
　　遥思原野青藤老，眺望高天雁字新。
　　多少人间桃李梦，何如对景自长吟。

秋荷

2008年9月6日

　　早上，我站在北海南湖边，秋的风清爽，一湖荷花没有了夏日的灿烂，一些荷叶已经涂上了金色，绿伞下仍有绽开的花朵，花的清香仍然陶醉了岸上的游人。我欣赏那花的美丽幽雅，让那清香润到我的胸腔。回想夏日的热烈，有诗句在心中涌动。

　　秋荷依旧展芳姿，翠盖涂金映碧池。
　　人影浮香翻腻浪，歌潮带舞动凌虚。
　　青鸭戏水剥莲子，紫燕衔泥恋藕丝。
　　万朵天华成记忆，明年蕊秀夏风宜。

西江月·枯荷

2008 年 9 月 13 日

一湖枯荷,清风徐来,仍有残香扑面,云中喜鹊双双。中秋节到了,园中多了喜庆热烈。有感而记。

圆月枯荷秋水,高天桂魄残英。波明不见鬓华青。美景翻成梦境。　　叶底红鱼卷浪,梢头喜鹊争鸣。双双欢舞到琼宫。镜里飞来紫凤。

中秋北海夜

2008 年 9 月 14 日农历八月十五中秋

晚上北海,一圆月在天上,圆圆如一张红润的脸庞。一湖彩灯游船在水面上幽幽,多少浓情密意都溶进湖中。湖边灯光里,一群一群的人们席地而坐,举杯庆贺中秋,欢呼人生美景。月光泄进南湖荷花上,清香弥漫在廊桥上,无数的人在月光里留下人间一瞬。

今夜中秋月最圆,一湖灯火一湖船。
人间美酒香蟾桂,玉宇流光润管弦。
水面荷花花影乱,廊桥佳丽丽容娴。
清风沐浴三摩地,雨露淋湿七步莲。

中秋思母

2008 年 9 月 17 日

　　窗上的牵牛花开始枯萎了。突然想到人生，想到家乡，心有伤感。往年中秋，都能让老母尝一口月饼，难得她多愁的脸上绽开一点笑容。而今老母故去，再也不能给她吃象征团圆的月饼了。人生的悲苦和无奈都到心头，也留下诗的记忆。

　　一年一度过中秋，此夜中秋惹我愁。
　　月饼凝香含苦味，琼浆和泪尽酸馊。
　　高天雁影多留恋，老母魂灵已远游。
　　祭奠朦胧乡梦久，柴门望断水悠悠。

秋分夜雨

2008 年 9 月 22 日

　　昨晚的雨在窗前嗦嗦，风也凉了。牵牛花仍在开放，白的紫的，但也少了鲜艳。秋天来了，花总要谢的。人也如花，总会老去。家乡入梦，使我心忧。乃吟而记之。

　　秋分一夜雨，秋水碧波凉。
　　故地山峦紫，窗前柳带黄。
　　荷花携露腻，雁影伴云翔。
　　千里中原路，同谁共酒浆。

神七发射成功感怀

2008 年 9 月 25 日

晚上九点，电视里播放神舟七号发射实况。此次探空，航天员将第一次在太空中漫步。中华民族的飞天梦想已经实现，更多更尖端的科学等待进一步开拓。一边看电视，一边将感慨吟成而记之。

炎黄问月几千秋，今夜神七一壮游。
提箭搜寻空瀚漫，出舱回望小寰球。
人群共用温凉水，利益分乘善恶舟。
探罢琼宫倾碧露，雄风再振写新猷。

佳节

2008 年 10 月 1 日

国庆节。广场上举行隆重的升旗仪式，党和国家领导人向人民英雄纪念碑献花。早上北海，游人如织。我漫步登上琼华岛，凭栏眺望，满眼繁华，满湖欢歌。江山胜迹，我辈登临。林中祥鸟啁啾，高天祥云缭绕。能不骋怀歌唱。

佳节漫步上高丘，爽籁熏风万象柔。
锦绣乾坤皆胜迹，浮尘寿命几春秋。
谁知碧水英灵血，我见青山壮士头。
眼底一湖波似酒，千杯不醉颂神州。

秋雨

2008 年 10 月 5 日

一场秋雨一场寒，昨天的雨下到今天，天冷起来了。到协和医院看望病中孙老。在路边餐馆吃饭。望窗外秋雨，窗前的菊花艳艳，有感以记。

秋风带雨送微凉，一阵缠绵一断肠。
痴梦相思家万里，高天又见雁双行。
凭窗痛饮杯中酒，把手轻拂鬓上霜。
有幸识君人不老，菊花满眼染心香。

重阳登望儿山感怀（三首）

2008 年 10 月 7 日盖州

今天恰是重阳。登上望儿山巅，西望茫茫大海，想起已经仙游的老母，心底有泪涌流。眺望家乡，拼尽全力大声喊叫：老娘您在哪里？声音在山间回荡，飘向无边的大海，飘向空阔的蓝天。苦吟以记。

（一）

重阳有幸盖州来，慈母山哭老母怀。
碧海茫茫千万里，一声呼唤满头白。

(二)

山巅西望海潮头,慈母呼儿动盖州。
宝岛游魂情有待,乡愁苦泪爱难休。

(三)

千悲莫过望儿悲,我到山前苦泪垂。
天下真情唯老母,深恩难报是春晖。

戊子重阳登高

2008年10月8日盖州

昨天是重阳节,傍晚,登盖州海岸墩台。此是辽东湾畔、渤海之滨一至高点。仰望长天蓝蔚,日月同辉。灿烂霞彩染海天绚丽,繁忙港区送万船奔驰。长风扑面,感四海潮流涌动;鸥鸟欢歌,喜九州奋进春雷。人生有此重阳,庆幸舍我其谁。因涂成一律以记。

欣逢九九上墩台,日月同辉感我怀。
玄菟城中霞彩秀,鲅鱼圈外海潮开。
沧桑血泪堪回忆,盛世芳华费剪裁。
益友菊花香满袖,明年还到盖州来。

赤山游

2008 年 10 月 9 日盖州

李正国先生引导赤山游。赤山在盖州万福镇，海拔 891 米。远眺有五峰耸入云霄，山石多红褐色，每当旭日东升，朝霞涂染五峰，山峦与霞彩辉映，灿烂夺目，宛如五指染红，赤山也因此得名。

今生有幸赤山游，胜景奇观不胜收。
天柱雄姿千寻秀，仙潭圣水万年流。
深林鸟伴泉声静，古寺香浮磬韵悠。
渴饮烟霞石上卧，鼾声震动一天秋。

龙潭寺秋桃花

2008 年 10 月 9 日

赤山深处龙潭寺。有重修赤山龙潭寺碑记说，此寺庙始建于唐贞观年间。庙门已经残破。突然见门旁一株桃树，枝上桃花点点，粉蕾艳艳。在这已经重阳的秋天里，桃花的娇美令人惊喜。这是佛家净地的神赐吗？我凝望秋日清净地的桃花，有一缕感动在胸中。

桃花十月赤山开，点点胭脂染妙台。
高韵情托尘世远，芳魂意向寺门挨。
祥云五色观音面，慈水七香菩萨胎。
千里辽东逢盛世，因缘有数我能来。

见春亭望月

2008 年 10 月 14 日

十五夜月清圆。天高云絮淡，风细月幽幽，眯眼波常静，听花水自流。见春亭前仰首望月，是观月绝好处，光华洒在山林奇石上，像一层淡霜。草间蛩吟如诉，枯荷的清香仍然缕缕飘来，让人心动。

天高云厚月朦胧，塔影幽幽海水明。
雨后荷塘花已老，风前柳带绿还浓。
见春亭下人愁苦，仿膳楼中酒绿红。
此夜怀君怨王母，余生无奈是多情。

望月有怀

2008 年 10 月 16 日

月的光芒在叶上幽幽，草间蛩吟幽幽，水的波光幽幽，乡思在心头幽幽。故里常在梦里，望月而生悲伤。人生许多无奈都在乡愁里酿成苦酒，织成含泪的诗行。

蛩吟秋水畔，望月坐桥头。
忆旧天无语，思乡我有愁。
情催双鬓老，爱写百年忧。
梦里黄花瘦，灯前苦泪流。

湖岸

2008 年 10 月 17 日

金色的一块月隐现云中,湖水宁静朦胧,一尊白塔晶莹雪亮,耸入夜空,岸柳垂带,光闪波明。夜色里的心绪多一层苦涩,不是佛家能解得了的。

湖岸烟笼杨柳梢,橘灯幽暗梦廊桥。
浮屠慧眼识觉路,法界慈航起海潮。
浴手轻撩沧浪水,濯足漫唱渔父谣。
骋波莫怕兰舟小,太液池深瑞月高。

鹧鸪天·静夜有怀

2008 年 10 月 20 日

朦胧的夜色里,凭栏一望,天光落在湖里,几颗星在水中闪耀。有怀而记。

一镜平湖落碧霄,星幽点点柳裙摇。烟云淡淡拂桥影,雾露浓浓染鬓毛。　秋太苦,夜难熬,家山万里路迢迢。凭栏忆梦思年少,何处推心诉寂寥。

梦春

2008年10月21日

夜的烟缕在朦胧的灯光里缠绵,夜空映在湖水中淡泊如乳。一缕愁思在心里发酵。在这秋的季节里向往春天的到来,也多一层悲酸的诗意。

春雨多情恋柳芽,莺声啼破碧桃花。
红霞暖透清波软,玉露含香嫩蕊滑。
秀色千年千万里,乡心一缕一恒沙。
尘身浴后君和我,耳畔歌音酒兑茶。

秋雨

2008年10月22日

傍晚的雨多了凉意,站在窗前,看秋雨淋湿了杨柳,风嘶嘶叫着,心里有一缕愁绪。千古宋玉悲秋,是人之天性吧。故里人远,而乡心常入诗行。

秋雨临窗散晚霞,乡愁缕缕乱如麻。
多情旧事来眼底,无语高怀过海涯。
幽梦邀君声感泪,痴心助我笔生花。
搔头不禁悲黄叶,落地才知老到家。

凭高

2008 年 10 月 24 日

　　下午四点，凭高一望京城，霞光是如此绚丽，西山蓝色的起伏与蓝天连在一起，高鸟在云中飞翔。我的心为之敞亮，感动人生之庆幸和美好。诗意也浓烈起来，乃吟而记之。

　　长天雁影动秋云，眺望家山欲断魂。
　　落叶无声知岁暮，柔霞有意恋黄昏。
　　百年易过真情在，万里难求鬓发新。
　　揾泪常因游子愧，伤怀总梦故乡人。

对景

2008 年 10 月 26 日

　　湖水幽幽，灯影幽幽，船歌幽幽。斑斓的波上浮着青春和欢乐。尘世间的喧嚣在夜的湖岸上蒸腾。窗外的长河流水悠悠东去，人生漫漫也成诗行。

　　无缘有爱最难堪，白发回眸泪不干。
　　对景长吟风作伴，临窗把酒自强欢。
　　尘身客路千里远，梦里瑶池在眼前。
　　锦瑟蒙尘弦已断，高山流水对谁弹。

晚眺

2008年10月31日

傍晚,凭窗西望,霞光灿烂,燕山起伏,云絮如染,心有感动。京华盛代,嵩岳凝心。遥思故里,情以吟咏也。

凭窗西北望,满眼彩霞红。
胜迹江山秀,长天暮色浓。
秋风无倦意,落叶有余情。
欲问南飞雁,乡关第几程。

秋色

2008年11月3日

窗外的秋色动人,远处香山的红叶如火,纤云在蓝天里悠悠。河边垂钓者静静,秋水东流,杨柳少了生机,秋菊灿烂夺目。这诗意的季节都在心里涌动,乃吟而记之。

雁影纤云景色新,秋风柳下看垂纶。
吟诗已忘斑斑鬓,泼墨常描燕燕春。
对案不喝无义酒,相逢应是有缘人。
窗前落叶尘迷眼,梦里桃花香满身。

远眺

2008 年 11 月 7 日

今日立冬，凭窗远望，香山起伏，仿佛红云烟岚就在眼前。四十年离家，人生坎坷，悲欣交集。日月无穷，命途有限，苦乐都成诗意。

窗外秋风动我怀，香山红叶眼前来。
胸中血脉腾云紫，鬓里霜尘卷浪白。
燕雀多情啼梦好，尘生最爱看花开。
诗心不愿随年老，眺望柔霞上九陔。

江城子·傍晚的雾

2008 年 11 月 11 日

傍晚窗外一片朦胧的雾纱，永安寺白塔在雾缕的飘渺中隐隐，喧嚣的街市也在雾纱里变得神秘莫测。心有乡愁旧梦，感而成句。

朦胧雾缕卷浓云。叶纷纷，更销魂。静默浮屠，已忘响梵音。绿树飘红涂巷陌，鸦影暗，正黄昏。　　秋风有意染纤尘。引香尊，断肠人。流水高山，满袖惹啼痕。千里柔情空有梦，谁共我，解迷津。

鹧鸪天·傍晚的圆月

2008 年 11 月 13 日

傍晚，晚霞涂抹半天。我在平安大道上突然抬头看见一盘大大圆圆的银月，悬在东方的楼宇顶上，楼顶的霓虹灯托着圆润的月，把如水光华泼洒到人间。晚霞和月光都让人感动。今天是农历十六。十五月亮十六圆，果然不谬。有句以记。

晚照柔摸鬓发稀，秋风又让裹寒衣。多情圆月浮薄絮，倦旅归鸦卧老榆。　　莺去远，凤来仪，乡愁缭乱眼迷离。吴刚总怕嫦娥冷，常有春鹃梦里啼。

【注】
凤来仪，《尚书·益稷》：箫韶九成，凤凰来仪。凤，百鸟之王，凤凰来临是吉祥之征兆。

满江红·风寒

2008 年 11 月 17 日

窗外白塔在冷凝的阳光里冰莹玉润，浓重的落叶在风中乱飞。凭窗远眺，有感以记。

万里高天，风寒酷，霞柔闾巷。飞落叶，乱逐青鸟，惹人惆怅。故地遥遥心涌浪，柴门矮矮谁苦望？慈母怀，情重暖三生，归鸦唱。　　凝泪眼，思晃漾；永安塔，梵音荡。看红衰翠减，影摇尘网。旅次燕山沟壑里，魂消嵩岳巅崖上。有谁知，衣带渐宽松，歌犹壮。

鹧鸪天·宴友有怀

2008 年 11 月 19 日

千里诗友来叙，淡酒小楼宴座。窗外酷冷，有诗情以荡漾；案上茶香，共心神之莘莘也。乃有感而记。

仰望高天万里空，歌音香软小楼风。菊花美酒非豪客，梅影清茶是逸翁。　　身如寄，命何轻，名缰利锁太无情。樽前岁月催白发，晚照枝头点点红。

梦

2008 年 11 月 21 日

一梦春来，家乡水润。醒来怅然，有感而记。

桃花厌我皱纹深，紫燕凌波柳色新。
烟雨轻歌随彩棹，流年光景爱芳春。
浮生有梦何言苦，美酒无情不醉人。
闭目思乡千里外，凭窗常望旧柴门。

凭窗

2008 年 11 月 24 日

　　站在九楼，凭窗眺望，天高地远，山舞云悠。伤怀往事，都到心头。诗书有味，可以消愁。乃吟哼以记。

　　　　江山万里到心头，雁影双行感泪流。
　　　　寒暑年年欺鬓老，烟云片片写乡愁。
　　　　繁华朝露归一梦，霞彩夕阳照九楼。
　　　　空有诗怀伤往事，浮荣看尽更何求？

余晖

2008 年 11 月 27 日

　　傍晚听诗斋凭窗，西半天一片霞彩灿烂，霞光涂在楼窗上，像燃烧的火一样热烈。吾侪老矣，晚霞赐我以温暖，高天无私以蓝蔚，人生何其幸运也哉。

　　　　窗含锦绣晚霞飞，眺望烟岚浴翠微。
　　　　落叶寒霜悲雁阵，秋风瑞雪孕芳菲。
　　　　桃花艳冶梅花瘦，骏马英飙驽马肥。
　　　　万古晨昏皆壮美，人生有味看余晖。

有感

2008 年 11 月 30 日

一梦逢乡友,三呼感泪流。桑榆卧归鸟,阡陌走耕牛。相看难相认,霜欺叹白头。人生应无愧,襟袖裹怀柔。醒来有记。

相逢把酒问忙闲,皮软筋松意自宽。
挚友摇杯堪记忆,真情伴我度残年。
青山绿水皆烂漫,紫蕊黄花是醉颜。
高卧常思乡路远,浮云看惯梦阑珊。

隆尧(二首)

2008 年 12 月 5 日隆尧

陪同晨崧、王德虎同志到隆尧考察诗词文化建设情况。尧山是这里最有名的古文化遗址。传为尧帝曾在此治理五十余年。山上古迹很多。惜乎大多被开山炮声毁坏了。有诗以记。

(一)

为听诗韵到隆尧,满目烟霞染碧霄。
宣务山巅思凤舞,柏仁城外荡吟潮。
芝兰瑞气春来俏,草树寒霜雪后凋。
一脉炎黄兴胜地,万年不倒是风骚。

（二）

尧乡处处涌诗潮，燕赵雄风动九霄。
社会和谐逢盛世，人文丰厚忆唐陶。
青山有意繁花早，绿水多情瑞云高。
愧我才疏佳制少，长歌欢舞敬香醪。

情鸽

2008 年 12 月 10 日

两只鸽子落在窗台上，闪着湿润晶莹的眼睛望我。又相望着吻在一起，咕咕叫着飞进湿润的夜幕里。这诗意的图画让我感动，于是吟而记之也。

欢鸽一对落窗台，青眼含羞望我来。
玉宇长风飞片羽，余晖锦绣照孤怀。
人间爱恋多难矣，瑞鸟真情尽美哉！
案上梅花应感泪，天边圆月也徘徊。

思圆月

2008 年 12 月 12 日

一圆金色的月在蓝天上,今天是农历十五。街上灯火灿烂,美丽的夜色很动人。月在天心,不知人间烦恼;诗怀故里,欲问父老乡情。镜里白发成了诗意,乃援笔记之。

仰望婵娟万里遥,相思苦恋太难熬。
窗前圆月应知我,含笑传书诉寂寥。

毕昇

2008 年 12 月

毕昇是活字印刷术的发明人,为中华民族文化的发展和传播起到了重大而决定性的作用。后人应永远记住这位发明家。有专家考证,毕昇祖籍在英山。诗友约以诗纪念先贤,乃涂成一律以寄。

史海茫茫叹毕昇,而今谁记布衣名。
英山翠秀埋英骨,楚韵悠扬唱楚雄。
朝野更迭人换代,民族延续字相同。
华文一脉炎黄血,万世应怀活版功。

君茹生日有赠

2008 年 12 月 22 日

人生命途皆有定数，忙碌奔波于尘世，茹苦未必得报，心安方能理得。君茹人生以音乐歌唱为伴，桃李多多，值得骄傲。有感以赠。

君随圣诞到人间，应览红尘二百年。
茹苦慈悲含妙性，飞歌灵动尽天然。
无边法界谁无梦，不是观音我不言。
六度齐修求自在，三摩正定更悠闲。

细月

2008 年 12 月 23 日

晨起站在窗前，半天红霞沐浴京城，景山万春亭，北海白塔和远处的世贸大厦都浴在霞光里。一钩细月在窗前悬着，在喧嚣的城市上空静静。像害羞的少女，眯着美丽的眼睛。有感此动人美景，吟以记怀。

蓝天清冷月眉羞，万缕朝霞舞彩绸。
一夜寒风非我意，三更孤苦是君忧。
香颜沐浴瑶池水，欢笑朦胧玉宇楼。
常梦良宵十五满，欣逢红日伴银钩。

有感

2008 年 12 月 28 日

早上,我站在北海濠濮间里看那棵高大的老榆树,苍老的身躯耸立在蓝天里。我突然感到,我的人生怎能和它相比美?它千百年立在这园中淡然地看尽人间冷暖,它看过帝王身影在这小桥上走过,听见过嫔妃们娇嫩的声音,它正看今日的苍头百姓从它身边走过,它还要这样淡然地看世事沉浮变化,不知有多少年岁。

一怀诗酒我为神,几度霜寒草木新。
棋路黑白分胜败,人生情味看晨昏。
阴晴冷暖千年树,苦涩酸辛百岁身。
绿水轻舟浮晚照,尘嚣霞彩共氤氲。

佳节

2008 年 12 月 31 日

时光也太匆匆,忽惊又到年终。岁月催人老去,蹉跎多少春冬。回首人间冷暖,温馨唯有诗情。生命何其短暂,涂成记忆由衷。乃诗以记之。

梅花绽放又逢春,鬓雪蒙尘岁月新。
情寄八荒山水韵,神交千里友朋亲。
浮生愿海无穷地,盛世慈航有限身。
竹爆惊魂谁唤我?佳节对酒更怀人。

新年第一天木樨地桥头

2009年1月1日

　　朗朗好天气，新一年第一天。我站在木樨地桥头，高天蓝蔚，岸边的柳丝在寒冬里悠悠，廊下的琴弦悠悠，歌音在冰面上悠悠，鸟们在枝头上欢叫悠悠。满眼瑞气氤氲，心胸为之敞亮。有感而记。

　　韶光照耀一河冰，两岸弦歌伴鸟鸣。
　　柳蔓抽芽阳气盛，雕栏凝望水香浓。
　　花开醉眼人何幸，情满诗怀命不穷。
　　伫立木樨桥上望，家国胜景沐春风。

新年新月

2009年1月2日

　　晚上，天空晴朗，寒气中有了新鲜的气息。一钩细月在白塔尖上，淡淡的光芒落到冰面上。滑冰的人很多，欢声笑语一团，岸边的乐声歌声在夜空里喧嚣着。新的一年开始了，在这多情的夜色里，有梅花的清香飘来，心中升起一缕温馨的伤感，凝成诗行以记也。

　　北海廊桥望月孤，银钩软软系浮屠。
　　蟾宫欲去天河远，乡路难回记忆疏。
　　此夜寒风除旧岁，明晨霞彩伴新途。
　　人生幸遇多情友，我愿花香入酒壶。

什刹海夜滑冰场

2009 年 1 月 4 日

晚上的什刹海冰场非常热闹，一湖冰在五彩的灯光里闪耀光芒，欢乐的游人在冰上飞翔，柔美的音乐在夜空里回旋。我站在湖边看一片繁华夜景，有感吟成一律。

三九风吹面不寒，冰心厚重舞鸳鸯。
花灯映乱琼华影，醉乐柔开翡翠环。
满眼香尘浮瑞气，一腔苦水忆芳颜。
诗情欲掩情难掩，看似无端却有端。

老舍茶馆诗酒会

2009 年 1 月 9 日

一个非常晴朗的好天气，长天蓝蔚而高远，阳光灿烂而温暖。老舍茶馆，中华诗词学会与北京诗词学会一起联欢。欢聚一堂，诗情浓浓，友情浓浓，漫溢着节日祥和的气氛。老舍先生的雕像微笑着，看无数宾客进进出出，谁记得这位大文豪悲苦的人生呢？有感吟成。

茶馆氤氲老舍魂，京华骚客会前门。
舒公血泪惊天地，大雅雄文泣鬼神。
世事和谐辞旧岁，江山韵律谱新春。
梅花有爱能融雪，诗酒无情不动人。

见月亭拜月

2009 年 1 月 10 日腊月十五晴

新闻广播说今天月最圆，且比平时大六分之一。晚上散步来到北海见月亭，抬头看，一圆月悬在亭檐，清风习习如絮，光华酥酥似水，果然动人心弦。身后是玉一般白塔，晶莹暖人心脾。人间有此良夜，怎不动我诗情。

见月亭前拜月神，婵娟今夜伴何人？
尘生常对吴刚酒，苦恨难求王母心。
圆润如珠珠溢泪，光华似水水清淳。
空非慧海通觉岸，色是慈航到法门。

人生

2009 年 1 月 14 日

平安里诗朋词友雅聚，长歌欢舞畅叙世事悲欢。浩叹忆浮生，难忘故乡情。岁月人老去，匆匆梦成空。而乃佳肴美酒之味，都成越吟楚奏之声。兴发凄怆，是嵩山之问候；盘桓反侧，吟燕塞之嘤鸣也。

离家卅载鬓成霜，少小悲酸老更忙。
造化无穷春有限，人生何短梦试长。
空怀壮志随流水，苦忆亲情在故乡。
回望征途常窃笑，应知热血为谁狂。

李先念同志百年感怀

2009 年

今年 6 月 23 日是李先念同志诞生一百周年纪念日。李先念同志 1909 年生于湖北黄安（今红安）李家大屋，曾任中华人民共和国主席，是中国人民敬仰的领袖。1992 年 6 月 21 日病逝。湖北诗家约以诗词颂而纪念，乃有感吟成以寄。

百年伟烈耀中华，共仰红安舞紫霞。
浴血征程求解放，冰心肝胆付国家。
丹青盛誉诸葛亮，玉阙讴歌姜子牙。
君有神灵堪笑慰，和谐盛世乐无涯。

步文怀沙《百岁感怀》原玉

2009 年 1 月 19 日

收到文老怀沙夫子《百岁感怀》：泉台咫尺步难移，恋此红尘遂误期。心上姓名多鬼录，眼前成败总儿戏。百年无赖终无悔，万劫可怜犹可疑。拈尽闲花装一笑，野狐今夜了禅机。赏读再再，似有沧桑之感慨，微觉惨淡之悲音。乃漫吟而和之。

高云舒卷世推移，善恶尘风难预期。
青眼融合堪醉卧，冰心会意共游嬉。
骚才旷度天能鉴，劲骨柔情我不疑。
百丈禅师应笑慰，野狐慧性本无机。

思乡

2009年1月21日

离家四十载,两鬓已斑斑。记忆乡间苦,愁怀泪不干。轻呼问生死,长啸叹悲欢。又是新春到,凭窗却忘言。感慨有记。

千里离家已卌年,忽惊鬓上雪霜寒。
双亲不待行偏远,孤客应回路却难。
身在燕山溪水畔,心游嵩岳老屋前。
强欢无语羞遮面,苦忆深恩泪涌泉。

寒梅

2009年1月23日

酷冷,寒风砭人骨髓,窗上结了厚厚的冰。风割在人脸上,生痛。阳光却灿烂,灿烂的光芒与寒冷抗争着。窗前盆中的花朵却鲜艳,在酷冷的冬日里开放,散发着沁入肺腑的幽香,是迎接春天到来的欢愉,如诗一样动人心怀。乃吟而记之。

梅妻骨傲却情痴,蕊孕冰魂雪满枝。
清气悠悠皆雅韵,胭痕点点尽芳诗。
高格不让桃花妒,玉质无求杜宇思。
君赠银瓶盛净水,莹莹荡漾沐新姿。

守岁

2009 年 1 月 26 日

除夕夜的竹爆像开锅了,夜空一片绚丽。新年的阳光灿烂温暖,融融照在北海园中,喜鹊在草地上觅食,翠鹊在枝头歌唱,有思乡的情愫在我心中缠绵。乃哼诗以记之。

除夕守岁到凌晨,竹爆烟花又一春。
美酒熏香千杯少,朝霞涂染九州新。
今成握笔诗园友,曾是肩枪细柳人。
身老尘寰生爱恋,心随日月长精神。

怀乡

2009 年 1 月 27 日

文举来电话说,他们正在给祖宗父老上香祭奠,纸钱香火都在眼前,竹爆的声响也从电话里传过来。佳节思故土,对酒更伤怀。家乡的春节仍然情味浓浓。父老魂灵有知,可责我以不孝也。乡愁无序,惭愧有加。乃哼诗以记伤怀也。

梅花开放蕊含冰,竹爆惊心又岁终。
军旅庸人人已老,家乡苦路路难通。
思怀千里音容在,酒酹三杯泪水倾。
慈母酸辛常入梦,春来墓地草青青。

春节夜景有怀

2009 年 1 月 29 日

又一度梅花开放。艳阳有意,冰雪消融。红花粉蕊,娇美多情。淡淡幽香,令人陶醉。节日京城之夜,满眼灿烂辉煌,爆竹轰鸣不断,像春雷卷过大地,礼花不时在夜空中闪烁,彩灯装饰的玉树和光的楼宇与空中的繁花交相辉映,形成一个热烈而神秘的世界,仿佛是在仙境里朦胧着。

玉树琼楼花满天,蓬莱仙境是人间。
春风缭乱春情意,醉舞旋晕醉侣鸾。
绚彩流光三万里,文华诗韵五千年。
雷声动地惊白发,心有长歌颂九寰。

有感

2009 年 1 月 31 日

兄弟从家乡打来电话,互道思念之情。遥祝三杯美酒,敬我父老魂灵。伫立窗前远望,双眼有泪朦胧。有弟皆分散,惨淡是泥牛。乃伤感诗以记怀也。

年夜无眠忆故乡,佳节难解苦愁肠。
人间多见慈乌鸟,我辈常思跪乳羊。
竹爆一声一震撼,烟花一朵一辉煌。
窗前秀色连春色,案上书香伴酒香。

早春

2009 年 2 月 1 日

站在木樨地桥头，一河冰融化了，清幽幽的水面上几只野鸭悠闲，岸上柳丝，已经浮着浅浅的绿意，在新嫩的春风里袅袅。有感而记。

春来梅欲落，和风暖桃枝。
红情思锦绣，绿意赏芳姿。
柳岸新莺语，湖边早燕啼。
花开因雨露，惹我梦成诗。

噩耗

2009 年 2 月 3 日

姑父仙游。噩耗传来，心有悲苦。人生无奈，生死难料。命途有限，人人皆然。忆六十年前，姑父在酷雨中，"一根扁担挑来全家"，苦难悲酸都来心底。诗亦苦也。

噩耗传来未立春，一腔悲苦暗伤神。
离别怨恨天无道，忆往相依地有恩。
尘刹苍茫皆泡影，慈航险恶尽迷津。
芸芸穷富忙闲客，都是阴阳来去人。

己丑立春观梅（二首）

2009年2月4日立春

今日立春。恰是六九第一天，应了谚语"春打六九头"。春风嫩嫩的爽了，空气湿润润的了，柳上淡淡的泛着嫩黄，楼前的梅花绽放着，清香依旧。有春鸟在老榆树枝头欢叫。人生也有立春的心绪，欢悦和喜庆在胸中氤氲。乃情致涌上笔端，有感涂抹以记。

（一）

又到立春伤感多，梅花喜见雪婆娑。
疏香清润薰风意，浅笑娇柔淡雅歌。
露眼凝观双鹤舞，冰心爱恋六霓摸。
杯中玉液湿红影，今夜随君度梦河。

（二）

己丑春来六九头，寒消风嫩靓妆柔。
清烟缭绕芳裙舞，鸟语缠绵碧水流。
波漫祥云浮锦绣，心生爱恋放歌喉。
耕耘沃野牵君手，你是桃花我是牛。

鹧鸪天·春夜

2009年2月6日

什刹海边,乐声喧嚣。湖岸的五色斑斓让人感到是在梦幻里。冰上没有了滑冰的人影,光在冰上闪耀。夜的风湿润了,有了春的气息。五九六九,河边看柳。站在柳树下,闻到了柳芽的清香。那是春天的味道从细细的柳脉里涌动,那是桃花的娇艳在枝头上孕育,那是春情的血液在肌肤里鼓胀,也是感动的春情在诗意里氤氲,乃援笔而记之。

夜月高悬玉宇蓝,香风醉乐送微寒。红灯映酒寻常见,锦瑟蒙尘久不弹。 思故土,望家园,多情梦醒几茫然。云中欲寄乡愁苦,客路蹉跎已卌年。

听春

2009年2月8日

早上到北海园中散步。清清的风弥漫着春的气息,迎春枝条上鼓胀着串串新蕾,桃树梢头泛着嫩润,湖上的冰开始融化,一群春鸭和鸳鸯在水面上悠闲,满园的歌舞令人陶醉,突然听到了杜鹃的叫声,让我心里涌动乡愁的诗意。

声声杜宇彩云间,细草萌芽最可怜。
燕叫春归桃孕蕾,花开寒尽柳生烟。
一园歌舞人堪醉,满腹乡愁夜不眠。
何必多情心恁苦,芳华无奈鬓先斑。

良宵（三首）

2009 年 2 月 9 日

元宵夜，满城沸腾，竹爆喧天，站在湖岸见月亭，听四下里竹爆春雷滚动，看绚丽烟花在夜空中升腾，一圆月在天穹里欢悦地看人间美景，多彩的烟花不时在月亮眼前绽开。圆月光华似水，人在绚彩世界，满眼灿烂多情。有月上柳梢头，而无人约黄昏后。乃有歌诗以记也。

（一）

喧天竹爆闹元宵，此夜京城涌浪潮。
柳岸临风薰酒醉，楼前漫步探梅娇。
人生无奈思三昧，岁月含情叹二毛。
梦里神游花烂漫，长歌乱舞咏诗骚。

（二）

见月亭前月最明，婵娟尽展玉姿容。
良宵有梦真流泪，美酒相思特动情。
竹爆腾空惊早燕，烟花落地逗顽童。
天仙也羡人间好，我在琼华岛上迎。

(三)

多情明月为谁圆,竹爆银河彩浪翻。
海内天涯求上帝,苍头冠冕拜婵娟。
仙槐讪笑吴刚苦,灵药何知后羿难。
翠露滴穿云絮乱,清光泻尽晓风寒。

春雨(三首)

2009 年 2 月 12 日

　　终于下雨了!久盼的甘霖让人欣喜。站在九楼窗前,看京城沐在春雨里,仿佛看得见家乡的麦苗在雨中渴饮雨露,看得见父老乡亲们丰收的喜悦。有感吟成三绝。

(一)

春雨滋酥万物新,田园久旱遇甘霖。
苍天也有怜民意,不忍苗枯百姓贫。

(二)

多情喜雨润桃枝,嫩蕾初萌玉蕊湿。
窃喜甘霖犹未晚,谁说春色误佳期?

（三）

好雨如酥浴柳条，随风乱舞小蛮腰。
黄莺枝上新歌好，赞我诗情万丈高。

情人节夜倒春寒

2009 年 2 月 14 日

　　什刹海岸灯影里许多人手里拿着红艳艳的玫瑰花，满脸的幸福喜气，姑娘们笑得花一样鲜美。琼华岛上，风呼林啸，寒凝酷冷，料峭倒春寒，砭人透骨髓，鸭们在冰上瑟缩，枝上鸟凄苦地叫。西方的情人节夜，见春亭下清静，白塔灯影幽幽。有诗意随清波弥漫。

见春亭里未逢春，料峭寒风冷煞人。
柳眼初开迷苦泪，桃花欲绽冷芳魂。
莺啼灯影寻新侣，燕语楼台访旧邻。
琼岛梵铃皆妙韵，良宵有梦到空门。

梅雪

2009 年 2 月 17 日

早起开窗惊喜下雪了，一场薄薄的雪，梨花一样在春天飘下来，悠悠的雪花在空中轻柔柔地舞，浸开脸上清凉凉的诗意喜悦，有诗记此梅雪。

春风雪舞咏梅诗，但愿寒香归去迟。
嫩蕊含情凝玉露，娇花落泪诉芳思。
霞开素影谁来赏，月弄柔红鸟乱啼。
浓淡曲直皆是韵，乾坤独唱第一枝。

确山县诗词学会成立有贺

2009 年 2 月 19 日

确山在桐柏、伏牛山余脉，风景优美，又是民族英雄杨靖宇的家乡。近日成立诗词学会，感而有贺。

诗情无限到中原，吟帜春风舞确山。
梦里曾游朱古洞，幽怀常忆小延安。
淮河漾韵三千里，嵩岳听骚几万年。
文翰催人生壮气，琼浆和泪起波澜。

钓台思

2009 年 2 月 22 日

傍晚,我站在窗前,半天温暖的霞彩,玉渊潭里波光闪耀,钓鱼台烟霭朦胧着。心回到了千里外的故乡,童年的河水清清,忙碌的乡民们没有精力垂钓,当然也没有钓鱼台。有感而记。

西望长河润,枝头瑞鸟亲。
霞柔飞紫鹤,水碧荡清音。
催我双行泪,湿君一寸心。
虽来钓台畔,不是钓鱼人。

二月

2009 年 2 月 26 日

今天是农历二月二,有诗曰"二月春风似剪刀",又谚语曰,二月二,龙抬头。春天来了,堆在草坪里的雪融成水,滋润着草色泛青,窗外的柳树蒙了淡淡的嫩黄,路边的桃枝上鼓胀着新蕾,阳光和旭了,风也柔和温暖了,有春天的诗意在笔端。

冰开二月雪消融,露润桃夭蕊欲红。
水上鸳鸯嬉玉浪,梢头芽蕾展娇容。
长歌漫绕思怀重,醉乐柔搓舞步轻。
鸟恋空林凭紫气,心随盛世沐春风。

春游

2009 年 3 月 1 日

长天蓝蔚，春冰半融，柳带泛青，残雪湿浓。桃上鼓苞，鸟鹊欢悦。岸上歌者舞者无数，一片喜庆祥和。我站在白塔下，沐在春风阳光里。两会正在京城召开，天下精英荟萃，家国都赖贤才，感慨不尽，诗记情怀。

阵阵情歌醉管弦，春风有意闹芳园。
枝头鸟语舌簧脆，柳带撩人舞步欢。
经幢高乎书妙理，梵铃响矣解因缘。
听琴悦性愁颜老，对景伤心忆少年。

四季

2009 年 3 月 3 日

站在河边，看已经冰消的河水悠悠，看春风拂弄的柳丝袅袅，看岸边的草坪泛绿，看云中的鸟们翱翔，看桥上车流人往。江山一笑，世事百年。我这一瞬人生，在四季造化面前何等渺小。有愧默默，有泪默默，有感默默。

春风浩荡醒白头，万象更迭似梦游。
翡翠撑圆青杏子，珍珠挤破老石榴。
云舒雁影三千界，雪暖梅香二百州。
眼底一泓清净水，不辞四季洗双眸。

宴友

2009年3月4日

晚上在平安里，宴请二哥凌老师、高朋卢中南兄。他们俩都参加两会，研讨国家大事。难得有一点时间畅叙友情。田永清政委因事不能出席。李文朝主任主持，李一信老师参加。二月河是名家，中原的骄傲。我说，您也是在座各位的骄傲。乃倾情以记也。

春风又送二哥来，胜友欢歌举大白。
千里怀仁临盛会，深情把手望瀛台。

诉衷情·春雨

2009年3月5日

昨夜一场春雨，惊喜晨来长天蓝蔚，空气清新，长长地吸一口带着春情的空气，让它在胸腔里润开来。抬头见路边的柳条上嫩芽湿润，榆钱紫穗簇簇。两会正在大会堂里召开，满眼是祥和气象，是诗意的京城，有轻歌以吟唱。

良宵春雨到清晨，满眼物华新。鲜芽点上榆柳，红紫乱琼林。　瑶草梦，碧桃魂，共朝暾。九天瑞气，万里祥云，沐浴尘身。

游园

2009 年 3 月 8 日

　　早上北海。阳光灿烂，春风和煦，一园喜庆，一群洋人笑嘻嘻跟着练太极。山坡桃枝上鼓胀着花苞，岸柳泛着嫩黄，波明如镜，楼台春景映在水中，图画鲜艳美丽。歌唱的人们在乐声里，舞在歌声里，我的欢欣也在诗行里。

　　琼华岛上燕初回，满眼桃花粉艳堆。
　　腻露含情滋草长，香风无赖伴莺飞。
　　烟光变幻人常在，美景流连我忘归。
　　不意寻春逢旧友，与君畅叙品新醅。

自寿

2009 年 3 月 13 日

　　老母在世时，她清楚地记得我的生日，每到这天，她总要做长寿面让我吃。而今天，老母仙游，自坐怅然，更觉落寞。有感而记。

　　此命生辰老母知，而今自寿自吟诗。
　　伤怀尽孝时光少，愧悔多情鬓发稀。
　　道破因缘空有泪，攀援苦路恨无机。
　　回头尘刹寻觉路，欲渡劫波悔亦迟。

西江月·早春

2009年3月15日

天晴了，春暖了。桃枝上柳带上点染春情，湖水拍打湖岸，水上游船悠悠，听到了第一声布谷。欢歌热舞充溢园中，心的感动在词章里。

残雪融成玉液，桃枝点上娇红。云头醉了鹧鸪声。又是一年春梦。　　莫笑风前霜鬓，心宜雨后花容。泉石有味赛蓬瀛。鸟语林幽鱼动。

痛悼中华诗词学会会长孙轶青先生

2009年3月18日

孙轶青先生与世长辞，终年88岁。伟哉孙公！壮哉孙公！生乃家国重宝，去为蓬岛仙翁。感慈容犹在，憾把手不能。懿范播禹甸，雅望动尧封。履有风有雨之壮烈，入万古千秋之永恒。青山戚然一叹，转眼百年人生。悲仙鹤高飞，痛人神路迥；思无双国士，歌人瑞豪英。再拜米寿孙老，窃忆叨陪鲤对；难忘殷殷教诲，常怀慈爱音容。深情感念，嗟悼泪盈。言不尽意，歌以当哭。

杜宇含情啼碧空，长歌浩叹忆孙翁。
幽燕齐鲁曾鏖战，翰墨诗文亦盛名。
鬓里青山浮瑞雪，胸中丘壑起罡风。
一腔肝胆昆仑重，万里神州吟帜红。

问花

2009 年 3 月 20 日春分

春风吹开了路边桃枝上的花朵,艳艳的嫩嫩的润润的花蕾闪着娇媚的眼睛,窥视新来的春天。感动有记。

昨夜春风绘瑞图,桃花惹我醉心酥。
香容嫩郁犹含笑,露眼晶莹几欲哭。
一例高怀人老矣,三生苦爱你知乎?
蜂蝶迷恋甜和美,万卉敷荣有亦无。

琼华岛上春

2009 年 3 月 21 日

三月天气最香馨。早起的风湿润而轻柔,见湖边桃花柳米鲜美动人。南湖瀛台在望,烟光碧水波深。思家国之盛美,叹吾侪之拙笨,乃踱步吟成六言一律。

桃花最爱阳春,雨润香柔沁心。
燕叫鹃啼唤我,灯明柳暗怀人。
见月亭前有月,法门寺后无门。
玉露滋酥甜蜜,枝头蕊破红唇。

杏花雪

2009 年 3 月 24 日

天气特别冷。西山下雪了，绽开的杏花被雪包裹着，晶莹玉润，煞是好看。京城古有西山晴雪一景，今天应了，是多少年难得的景致。吟成一绝。

香山晴雪恋芳春，玉树琼花伴丽人。
湖上清波羞倩影，池鱼欲戏已销魂。

春情

2009 年 3 月 25 日

窗上的阳光灿烂温暖，照到办公室里来。这是造化赐予我的阳光，温暖的光明抚摸着案上的鲜花，花瓣如此新鲜美丽。清香透明的湿润让人感动。我要珍惜阳光，珍惜春天，珍惜生命。乃有诗记以此情。

阳和日暖透明窗，燕语莺歌共绕梁。
柳眼青眸魂荡漾，兰心紫蕊露生香。
花容醉透芙蓉帐，草色织成翡翠裳。
霞染尘身情不尽，风柔瑶瑟韵犹长。

嫩春

2009 年 3 月 28 日

一园欢乐春情,一湖清波荡漾,鸳鸯浮鸭悠悠,柳上蒙纱柔柔,桃花鲜美,清香淡淡在风中弥漫。有感吟之。

草色蒙黄不染尘,香柔雾缕满园春。
桃花点点粘雨露,燕影双双戏柳裙。
瑞气飘来嵩岳味,丹心凝聚太行魂。
相逢莫怨年华老,岁月多情万物新。

春

2009 年 3 月 31 日

春的阳光照耀在路边玉兰树上,紫的白的花朵湿润灿烂,有老人在树下赏花,感动人生遇此芳春,吟成各句以记。

缠绵柳带绿丝柔,秀靥兰花蕊露流。
烟彩琴声同鸟嬉,游人倒影共鱼悠。
微觉浊泪风眯眼,窃笑斑毛雪落头。
我唱情歌思故旧,春鹃回应在高楼。

春问

2009 年 4 月 3 日

　　许昌是汉魏古都，文学史上的"汉魏风骨"源于此地。小西湖公园散步。春水繁花，海棠开了，桃花开了，满园香气。岸柳蒙了嫩绿的纱雾。歌板讴哑，舞者悠悠。一块残月抹在蓝天上淡淡。池水透明映着春天的亭台。当年苏东坡曾称赞"西湖虽小亦西子"，才有此小西湖之名。感慨沧桑岁月，乃吟诗以记。

　　　　莺翻翠羽舞霞衣，桃绽红花露眼痴。
　　　　影送残星归玉殿，心随淡月待朝曦。
　　　　新泥暗唤云中燕，柳蔓轻撩鬓上丝。
　　　　杜宇一声肠已断，多情问询到京畿。

清明（二首）

2009 年 4 月 4 日

　　上午回到家乡，为老母亲上坟。无边原野，麦已没膝，露水湿润。露珠晶莹，映着阳光，那是老母亲的泪水吗？青烟在麦田里袅袅，竹爆震响，老母一定听到了我的呼唤，也知道我的愧疚。归来记我伤心。

（一）

春风杨柳到清明，老母坟前榆麦青。
杜宇歌声啼苦泪，池塘碧水映慈容。
悲耶天地恩忒少，恨矣人神路不通。
多少晨昏空有梦，营斋营奠诉亲情。

（二）

清明祭母泪双流，袅袅青烟榆麦稠。
沃野风凄人惨淡，高天云断鸟啁啾。
空怀懊悔一腔苦，未报深恩满面羞。
游子悲欢惟故土，家国贫富在心头。

梨花

2009年4月6日

阳光照在山坡上,绿色的草坪,梨花雪白,榆叶梅火一样热烈。芳香在春风中弥漫着,让人陶醉。退休的生活轻松愉快,心情的舒畅凝成诗句。

白雪梨花榆叶梅,云纱粉雾涌葳蕤。
娇容美醉蜂郎舞,蕊露香迷蝶赖飞。
柳带含柔拂碧水,尘身有爱沐春晖。
阳和剪彩双双燕,盛世清明第几回?

夜游

2009年4月9日

什刹海边散步。夜暗春园静,牙板肉声和。浑浊一盘月,金饼费琢磨。灯幽丁香里,荫浓影婆娑。优游谁伴我,柳带动莺歌。莫怨清辉少,相思美梦多。临风寻切韵,闭目自吟哦。

风香露润月清纯,柳色花容处处新。
燕是南洋春浪子,莺为北海夜游神。
遥思故里浮云远,看尽琼宫碧水深。
缕缕柔丝梳我鬓,诗情似酒欲狂吟。

春

2009 年 4 月 12 日

上午北海园中,正是游园最佳季节,游人如织,园中海棠正开,丁香如雾,林中歌舞喧喧,湖上游船悠悠。新来的燕子在五龙亭前啁啾,柳絮迷人眼睛,白塔在碧水衬托下玉润莹莹。有感而记。

亭前燕叫最销魂,柳蔓多情恋早春。
风暖桃妖青素鬓,露湿芳草绿罗裙。
浮屠影照三摩地,碧水波呈五彩云。
对景难说心腹事,拈花微笑是何人。

桐花春雨

2009 年 4 月 15 日

春夜一场细雨,天朗朗地晴,却很冷。楼前一片桐花浓浓艳艳,烟脂雾里清香飘散开来。想起"桐花万里丹山路"的诗句,也想起桐花可餐的童年。乃吟诗记以感慨。

桐花春雨漫胭脂,脉脉含情杜宇啼。
空色随风难自悟,香魂入地也成诗。
枝头琼蕊新芽嫩,叶上湿浓泪水滋。
我愿尘身老树下,同君合唱凤来仪。

春夜

2009 年 4 月 17 日

林徽因有诗"最美人间四月天",还想起韦庄的《女冠子》词句:四月十七。正是去年今日。别君时。忍泪伴低面,含羞半敛眉。不知魂已断,空有梦相随。除却天边月,没人知。这优美的夜色,正适合如此清新的词句。有清风习习扑面,有醉人的花香弥漫,有生命的诗行在心里涌动。

柳絮含香柳带青,琼杯酒满女儿红。
弦歌凝咽因情重,舞步舒摇怯梦空。
万象流波乘夜幕,一怀泡影沐春风。
凭窗看尽三千里,心似长河浪不平。

鹧鸪天·雨后

2009 年 4 月 19 日

昨夜春雨沐浴,晨来满眼清新。我沐在雨后湿润的空气里,走在嫩绿融融的草坪上,听枝头欢乐的鸟叫。多情春雨后,万卉展芳姿。露润桃花蕊,风柔草色萋。藤萝舒紫絮,杨柳荡青丝。鼓乐催人动,歌吟伴鸟啼。吾侪真老矣,对景几唏嘘。拙雅皆胸臆,涂鸦记我痴。

春雨催花蕊露流,桃鲜柳嫩燕啁啾。裙开翠影衔泥细,语软雕梁忆梦幽。　芳草腻,牡丹羞,痴情诗鬼也来游。无端写这相思韵,让我欢欣让我愁。

雾

2009 年 4 月 23 日

一天蒙蒙雨。九楼望窗外，雾浓浓，街市一片朦胧。白塔隐约在雾纱里，春天的杨柳在飘渺的雾里显得嫩润。满街的车流在雾里拥挤，人生的诗句在心里拥挤。乃援笔以记之。

朦胧雾缕太缠绵，露润丝柔未见天。
如幻如真如梦寐，似帛似锦似潮翻。
官车拥挤官车慢，百姓出行百姓难。
迷路骋怀莫惆怅，圆通大道是长安。

游园

2009 年 4 月 25 日

北海景山的牡丹盛开，无数游人在花海里留影拍照，在花海里歌舞奏乐。阳光灿烂在芳林琼树间，灿烂在张张笑脸上。风舞动岸柳，一湖蓝汪汪的波光闪耀。歌舞升平的景象和诗一样都在心里翻卷着。

春风沐浴牡丹香，北海湖边柳蔓长。
人腻芳容鸭戏浪，蜂叮嫩蕊燕啁梁。
一生爱恋缘忒少，万缕诗情老更狂。
对酒高歌逢盛世，吾侪有幸走康庄。

西江月·牡丹

2009年4月29日

　　骑车路过西四一条胡同，一家大门前，一片牡丹开放，艳艳的雍容华贵，所谓姚黄魏紫，灿烂夺目也正如此也。几个老人正围着花团欣赏，吉祥和幸福的景致令人感动。如此画面总在眼前，归来难忘，乃歌以记之。

　　点点猩红鼓涨，团团粉润凝光，风开国色醉人香。碧水柔波荡漾。　　杜宇轻啼大雅，春条喜舞霓裳。花期何短意何长，金蕊含烟怅望。

槐花

2009年4月30日

　　路边的槐花开了，清香让我驻足。心思回到五十年前的苦难岁月，饥饿中的乡人如果有一穗槐花，恰是山珍海味。这清香飘到千里外的故里，谁还能想起中国三十年变迁。想起父辈艰辛，心里酸酸，乃苦吟以记。

　　槐花香却惹人愁，忆往酸辛苦泪流。
　　豆屑掺糠榆烫面，稀汤兑水菜熬粥。
　　诗文含恨三更雨，翰墨留痕万古秋。
　　父老音容皆远去，吾侪对酒叹白头。

牡丹

2009 年 5 月 1 日

稀稀几滴雨湿润了空气，红残绿浓，燕子多起来了。牡丹花仍然灿烂，只是绿的更浓，花朵却在老去。人生也如花开花谢，青春不再，沧桑染了白头。乃叹赏以诗意记怀。

满眼姚黄魏紫花，芳姿艳态尽奇葩。
歌因国色听不厌，舞带天香醉亦狎。
造化年年织锦绣，河山处处共繁华。
尘心难入三摩地，一朵撷来供我家。

柳

2009 年 5 月 3 日

我总是静静地在岸边的柳树下看那风中绿带轻柔舞动，看啁啾的燕子从绿的朦胧中欢快地穿过，人却不如这阳光下的柳蔓抒情浪漫。长河流水悠悠，伤感诗情缕缕。

柳带柔柔舞翠绦，怀春燕语弄风骚。
裙翻巷陌连千里，琴奏阳关动九霄。
倒影空摇呈曼妙，清荫色静少腥臊。
诗情率性消魂魄，弦管悠悠荡绿潮。

小聚

2009 年 5 月 4 日

晚上和战友董绪纯一起,在月坛大厦美林阁欢会高朋陈廷佑、卫新华、梁治国,海阔天空,畅叙友情。归来有记。

春风伴酒共吟哦,翰墨凝情雅韵多。
世事兴观忧也乐,人生堪忆美林阁。

柳絮

2009 年 5 月 5 日立夏

今日立夏,天热起来了。骑车在街上,柳絮团团飞来,白似絮,轻似云,撩人眼,吻人唇,摸人脸,动人魂。古来柳絮诗无数,知春天以渐远。乃吟而记之。

缠绵柳絮恁多情,玉色晶莹燕体轻。
罗曼春心应愧我,风梳鬓雪冷如冰。

问观音

2009年5月7日

窗外白塔寺在阳光里玉润清明,但我的眼前闪现着佛家们推崇的那位观音菩萨慈祥雍容的面容,仿佛是在龙门石窟和云冈石窟都见过那高入云端的形象,她安静地俯视着芸芸众生,尘世生灵们在她的脚下低头,祈求她赐福,享受她的抚摸,希望人生安然平和。这是诗意的观音吗,乃无绪无端而记之。

欲问朦胧观世音,谁来说法慰尘心?
慈悲难渡无缘海,苦乐消磨有限身。
总愿佛参羁旅客,犹觉我是梦中人。
莺声燕语非空色,泡影迷情岂不真。

无月

2009年5月9日

今天是农历十五,应该是月圆的夜。但阴云遮挡了圆月,园里一片朦胧,湖上是乳色的雾纱,路边成片的芍药开了,浓烈的花香在夜色里弥漫,湿润的清醇让人陶醉,诗意也朦胧。

雨后云浓月不来,一泓湖水雾烟白。
灯幽弱柳丝全暗,鸟梦娇花眼半开。
带泪琴箫传我意,沾香履舃动君怀。
人心自古多俗念,却有痴情上妙台。

芍药

2009 年 5 月 13 日

芍药的郁郁浓香在朦胧里弥漫，令许多游人驻足观赏，让那香气润进肺腑。芍药也是国色，花开一样动京城。造化的美丽无以伦比。乃吟而以怀。

多情芍药散清香，影暗灯柔弄艳妆。
绿鬓频迷雏燕语，芳魂尽惹少年狂，
生来华贵称国色，从未招摇到洛阳。
万卉浮荣皆妙有，无穷法相显尘光。

赴荆州

2009 年 5 月 16 日

陪同雍文华老师赴荆州。一路诗情，一怀深意，多有感慨。有诗涂抹。

飞车千里赴荆州，结伴雍公我壮游。
原野诗情铺麦秀，青山韵致舞风流。
心悠黄鹤皆成梦，看惯浮云不自愁。
将相王侯付一笑，屈平宋玉共春秋。

荆州落帽台（二首）

2009 年 5 月 17 日

下午，和广森、凤汉二吟长一起，陪同雍文华老师拜谒荆州龙山，登落帽台顶四望，莽林起伏，龙脉蜿蜒，芳树浓荫，瑞鸟清啼，沧桑千古涌上心头，有感涂抹以记。

（一）

千古荆州千古诗，屈骚楚韵动城池。
一江水是乾坤酒，八岭山成尧舜祠。
史海茫茫留胜迹，吟旌猎猎颂新姿。
游春喜遇南风好，悔我官差落帽迟。

（二）

天下闻名落帽台，应知落帽是高才。
风因惬意兴调侃，酒借嘉毫写壮怀。
宦海常思收倦网，江流不许染尘埃。
龙山圣地无俗客，身有腥臊就莫来。

晨鸟

2009 年 5 月 18 日

荆州宾馆，睡意朦胧中听得鸟语如歌如乐，窗外满目绿润，晨霭如纱，白玉兰在浓绿中点点皎洁，万千祥鸟吟唱，令人心旷神怡。恍若仙境胜地，乃诗意融融以记也。

鸟语轻歌启梦关，凭窗看尽彩云天。
娇莺百啭兰心暖，杜宇一声蕊露甜。
碧树笙箫听楚韵，幽篁鸾凤慕乔仙。
兴来愿做荆州客，寄我诗情入彩笺。

荆州城楼

2009 年 5 月

5 月 18 日下午，登荆州宾阳楼，荆楚繁华地，诗骚雅韵流。江山逢盛世，堪笑旧王侯。一座金汤城池，却留下关公"大意失荆州"的悲剧憾事。古来社稷安危，不在城墙高低薄厚，而在王侯德识才谋。有感以记。

荆州城上忆关公，汉魏浮云带血腥。
英武神威文载誉，忠心义气史留名。
高怀浪卷乾坤舞，大意风摧社稷倾。
荣谢江山如草露，谁堪盛世履春冰。

竹

2009 年 5 月 24 日

早晨的阳光照耀在竹林，新竹挺拔青秀，露珠润上紫箨，晶莹如珠。满园的丝竹管弦都在晨曦里陶醉，有笙箫琴瑟的缠绵在心里，因有诗以记此时之感动。

朝阳霞彩沐青竹，绿是琼裙露是珠。
箫管谐音犹记忆，烟光乱篆戏神书。
怀空可叹真灵性，节劲堪称大丈夫。
翠影无尘沾法雨，诗情漫溢咏新图。

老槐

2009 年 5 月 25 日

我每天从这条胡同走过，总会看到那棵巨大的老槐树，树身四五人合抱不能，恐有上千年岁。乌鸦的窝在树杈上，常能看见老鸦喂养窝里的雏儿，黑色的身影在蓝天里飞来飞去。老槐树的西侧是历代帝王庙，东侧是佛家圣地广济寺。它平静地看人世悲欢离合，看权台兴废荣衰，淡然地经历着沧桑变化。有悠远的诗意凝成。

高槐蓊郁几千年，风雨阴晴自淡然。
喜鹊怀春啼早露，归鸦向晚卧残烟。
历经廊庙新翻旧，看尽尘生短且难。
树下浓荫飘酒味，揎拳撸袖对棋盘。

端午有怀

2009年5月27日

端午来到,又会想起屈子。这个明知不可为而为之的爱国主义者,这个至死仍保持洁身自好的三闾大夫,他在一片污秽沼泽中,在国势飘摇中,却梦想着浴在一片清池,向往着家国强盛复兴。怀沙之志堪悲,《离骚》之诵感人。乃吟而记以情怀也。

诗骚常与物华新,端午芦香带泪痕。
云梦难说秦帝恶,武关应笑楚怀仁。
莲生秽土皆成幻,月满清池未必真。
杜宇啼含屈子韵,江山水润汨罗心。

屈子祭

2009年5月28日端午节

这是纪念屈原的节日,是天下诗人的节日,也是中华民族精神的节日。一个诗人屈原,让人民永远纪念,千古不朽,在全世界是唯一的。一条汨罗江,因为屈原的精神而通向千万条江河,通向万古人民的心里,能不为之感动。因有诗意汹涌而记之。

糯米含情芦叶长,骚歌又起汨罗江。
文坛韵律成绝响,翰苑诗花久不香。
史笔生风书盛世,吟旌飘舞动斜阳。
人间荡漾和谐曲,屈子魂归动九肠。

静心斋

2009年5月30日

晨来静心斋,美景感我怀。绿荫鸟叫,池里云白。鱼翔花底,歌舞悠哉。阳和风软,情意徘徊。有感而记。

一园歌舞伴瑶琴,石静林幽画障深。
池里荷花羞水性,檐间光影乱波心。
游鱼吹浪为织锦,碧叶流珠不染尘。
坐爱云中雏燕叫,诗情太厚欲轻吟。

半月

2009年5月31日

半块月在蓝天上,如水光华在湖边柳荫里朦胧,桂花的浓香在夜色里弥漫,酒吧歌厅里弦歌悠扬,广场上鼓乐铿锵,舞步醉人。盛世人间如此,多情使我歌吟也。

半月空悬玉宇中,灯摇花影桂香浓。
弦歌韵绕瑶杯重,醉乐音揉舞步轻。
柳下呼君君不应,桥头望水水关情。
婵娟难掩痴魂梦,荡起波澜几万重。

读陈公先义新著

2009 年 6 月 5 日

微身病卧，有诗家王云和田凤兰前来看望。田老师捎来解放军报著名文艺评论家陈先义兄的新著《为英雄主义辩护》，伏榻翻阅，家国风云在眼，感而有记。

一声辩护动惊魂，浩叹陈公社稷心。
大吕黄钟多毁弃，雷鸣瓦釜起嚣尘。
英雄血沃江山绿，圣手情催翰苑春。
雅颂飞歌盈汗漫，君书助我长精神。

鹧鸪天·荡思

2009 年 6 月

病榻闲卧，思虑清哀。雅志遥憩高云，邪心流荡俗尘。调侃蔓草，自乐自吟。

北海清波浴我身，南山草树绿为邻。芝兰桃李松竹友，碧水芳园鱼鸟亲。　情贵老，物唯新，相逢相爱有缘人。瑶台拜罢西王母，我愿携君卧邓林。

病榻（十首）

2009 年 6 月

六月，肩病求医。笼中一月，意蓊思飞。空耗时日，浪费晨夕。苦药相伴，无奈无依。天来窗小，月淡星稀。阖眸无寐，忆旧哼诗。醒来怅望，梦里神驰。俯床染翰，亦笑亦凄。偶然有兴，乐而记之。

（一）住院

天地万物，吾幸为灵。素朴笃静，怀正操清。积痛骨病，肌锈气松。损身折翅，求拜医公。

苦路匆匆已卅年，难挨病痛拜医官。
一身朽骨应修理，五蕴尘心待醉眠。
电镜凝光窥脉络，神刀游刃剔肌炎。
人间有我相思鸟，梦罢仙园去复还。

（二）病卧

知人不易，知己实难。浮生百岁，愁苦长年。形骸枯朽，灵肉熬煎。尘身笼卧，梦里丘山。

胸壑琴弦久不鸣，琼林坐看几峰青。
高云舒卷多无绪，天道深幽少有情。
浮梦皆缘神鬼意，繁花信是造化功。
形骸血沃灵魂瘦，病榻窗含宇宙空。

（三）绿树

病房外的绿树，沐浴灿烂阳光，生命的颜色令人愉快，生命的枯萎令人无奈。微身何如一棵树，四季轮回，春荣秋谢。生命只此一遭，有去无回也。

叶叶风中绿变枯，枝梢曾见大荒图。
千寻犹恨天无限，万岁仍觉寿不足。
心愿阳春常沐浴，身随秋气乱飘浮。
晨昏霞彩羞荣谢，生死悲欢共一炉。

（四）大雨

窗外大雨，涤滤脱尘。霜青电紫，万象清新。雷动魂魄，泽沐我身。

欲问高天空不空？云涛雨浪卷狂风。
殷雷震耳惊飞燕，闪电瞠眸见大鹏。
振翅魂约赤松子，曲肱梦入玉皇宫。
窗含雾色八千里，妙有脱尘万象清。

（五）飞鸟

云中高鸟，令我羞惭。身缠病榻，心系林泉。君何燕燕，我却凄然。王乔无鹤，徒望南天。

窗前飞鸟亮歌喉，笑我尘身不自由。
微雨滋兰唯漱爱，好风浮翠亦怀柔。
人间苦路无穷已，梦境慈航有尽头。
眺望难消千古虑，神医可解百年忧。

（六）全麻

醉生梦死是颓废，醉死梦生是悠闲。虽魂散时间有限，然灵飞大块不难。麻醉如此之妙，一怀意气悠然。

难得一醉做仙游，了却尘间苦乐愁。
嵩岳林中同凤舞，蓬莱岛上卧琼楼。
思情水暖玲珑月，心绪风凉旖旎秋。
法界慈悲不度我，惊回病榻更添忧。

（七）死去

短暂死去，神荡幽冥。无得失之虞，无名利之苦。长辞何难，优矣游哉。醒以记之。

死去方知色不空，魂灵出窍入蓬瀛。
幽欢逸豫天山北，远鬻神游大海东。
艳舞摇心倾玉露，繁花入眼沐清风。
瑶池浴罢应无泪，笑看尘间众赢虫。

（八）天使

人间护士，天使仙媛。仪态妩媚，举止轻妍。情柔语软，性雅芳兰。关怀备至，问暖嘘寒。形骸有尽，感而志焉。

床前天使笑颜开，疑是芙蓉出水来。
俊雅临风除恶秽，香柔化雨洗尘埃。
悲心凝照三摩地，善愿真修六度怀。
一醉魂灵游故土，情随圣女到仙台。

（九）人生

　　人生贫富，没病就好。住院应知，健康重要。尘身俗欲，苦多福少。世求长寿，何人不老。死寂色空，灵飞八表。病榻悠思，载言载笑。

　　　　人间生死事寻常，暗夜流星转瞬光。
　　　　朝露无心听毁誉，夕晖有意对炎凉。
　　　　容颜纹路多惨淡，白发浮尘易感伤。
　　　　苦梦匆忙皆幻影，何时纵酒任疏狂。

（十）出院

　　今天出院，心悦身轻。阳和沐浴，草绿花明。人生之幸，无病康宁。陶然有感，慨而记情。

　　　　云中鸽哨赛琴声，淡淡香山荡荡风。
　　　　八里庄桥天壮阔，玉泉河水浪欢腾。
　　　　游鱼幸免银钩饵，困兽挣脱铁锁笼。
　　　　尘世从来名利苦，平安即是好人生。

遥思

2009 年 6 月

身在病榻，遥想八极。人生何短，憾事何凄。风来露落，霞粲星稀。空怀有寄，涂抹为诗。

千里思人苦，百年痴梦空。
生无彭祖寿，心有董郎情。
月是圆时少，花因雨后明。
莺啼留倩影，燕叫似琴声。
翠鸟临风舞，幽兰独自荣。
心诚缩大地，友爱感天公。
远眺多遗恨，凝思看落英。

鹧鸪天·春梦

2009 年 6 月

病床有梦，煦煦春风。醒来以记，慨叹人生。

一缕风醇醉满怀，莺歌伴我踏青来。遥山草树团团绿，大宇浮云片片白。　春水涨，玉兰开，长河沐浴洗尘埃。高丘闲卧惭飞鸟，八表归心何壮哉。

畅怀

2009年7月3日

离开病榻，死而复生。登楼眺望，高天白云的轻柔，窗前鲜花的开放，湖中碧水的波光，林梢祥鸟的欢叫，都是人生的愉悦之情。花之艳也，闭目有雷声春雨；莺之啼也，凝听如锦瑟丝桐。水之柔也，赞红荷绽放；山之美也，呼骏马奔腾。对高天厚地，可狂呼豪迈；怀痴梦乡思，应唤友邀朋。人生有此，何其乐也快哉。乃吟哼以记也。

云中双燕忘情啼，霞彩飘柔草露湿。
烟散轻纱留淡月，花开羞眼望晨曦。
空成美梦尘心醉，色是春潮喜泪迷。
转瞬繁华皆不见，胸中苦痛有谁知。

鹧鸪天·黄河

2009年7月7日

七七事变日。历史不可忘记，也不可更改。长河万里，叹风波恶浪无穷；尘事百年，唯盛世家国有待也。沉思民族苦难，有深沉的诗意在心。

千古黄河千古魂，一层浊浪一层春。沙含赤县苍生苦，水润黎元血脉亲。　追大海，洗征尘，何堪回首雨纷纷。而今共唱和谐曲，仰望高天月一轮。

鹧鸪天·雨后

2009 年 7 月 12 日

雷声呼来细雨，疾风飘荡清凉。窗外云堆绿润，满园红粉娇黄。满眼花开烂漫，一怀愁绪清香也。乃为之记。

七彩虹桥映碧池，芳园漫步伴莺啼。花逢雨露争凝色，情到深浓必有诗。　湖岸柳，乱牵衣，丝丝缕缕我心知。娇红染绿烟波腻，笑靥飞声裙带湿。

借句

2009 年 7 月 14 日

上午收到田将军永清老政委发来短信"改正弟：我与二弟（二月河）到蓬莱参加红学会。昨游蓬莱阁上，看到一副对联：海市蜃楼皆幻影，忠臣孝子即神仙。您是忠臣孝子，所以您是当之无愧的神仙。"我回短信感谢他，并请向二哥问好。有感此联，不论工拙，补为一律。

人求富贵盼弹冠，不做高官总不甘。
海市蜃楼皆幻影，忠臣孝子是神仙。
欣逢美酒何堪醉，欲赏梅花莫怕寒。
鬓老多情生秀句，春风拂面过长安。

雨

2009 年 7 月 17 日

绵绵的雨中过广济寺。门前的老槐树在雨中婆娑，湿漉漉的地上是一层落地的槐花殷殷，一声乌鸦长啸在槐荫里。雨中的佛家胜境也有诗意在心。

法雨沐高槐，云浓乌鹊哀。
清凉湿瓦碧，雾露绕墙白。
色相归般若，花魂落妙台。
空门尘已净，树下我徘徊。

有感

2009 年 7 月 19 日

与来京诗友小酌畅叙，诗乃穷苦事也，却如宗教一般让人着迷，往往沉湎其中，反觉人生之短暂，叹流年之蹉跎。归来有记。

江山一笑百年春，世事汤锅备熬人。
苦恨抽刀难断水，金钱铺路可通神。
微身朽骨成烟缕，满眼豪华变细尘。
酒过三巡犹未醉，随缘巧遇我和君。

日食

2009 年 7 月 22 日

今天日全食,有资料说这是中国五百年一遇的奇观,从印度开始,进入中国四川江南一带,消失在太平洋上,有一万多公里。新闻报道这次日全食的第一个镜头是重庆传来的,极其美丽动人。乃诗以记之。

日月无私却变亏,幽幽万里少光辉。
恒河密咒空即色,大海涅槃去亦归。
自古惶惶人有梦,生途惴惴我和谁。
三千劫后应随愿,五百年来见一回。

夜芙蓉

2009 年 7 月 25 日

夏夜的风吹到荷塘,荷花的清香弥漫在清爽的空气里,朦胧灯光里荷蕾张开着,呼吸着夜色的甜蜜。是人生散乱的情绪在夜色里酿造诗行。

薰风吹醒夜芙蓉,柳暗灯明翠色浓。
带刺青茎成老绿,含羞金蕊绽初红。
鱼翔碧水浮屠静,鸟语幽林寺院空。
叶底眠鸭惊梦醒,吾侪无绪望湖中。

夜雨

2009 年 7 月 29 日

　　昨晚雨很大，雷鸣电闪，冰河铁马，滚滚来去，青光不时在窗上闪耀。难以入睡，有诗句在心中翻卷。

　　潇潇夜雨滚雷急，铁马冰河惹梦思。
　　霹雳狂飙声远近，边楼故土影参差。
　　风中乱舞多情鸟，纸上胡涂无用诗。
　　百味人生谁似我，闲书淡酒懒如泥。

有感

2009 年 7 月 30 日

　　人是精神的灵物，谁不眷恋青春。无奈生途如寄，几多憾事凝心。应忘荣辱之事，堪当物外之身。可兴文以奋藻，吟周孔之诗文。乃诗以记怀也。

　　大化生灵物，花开动我魂。
　　胸中无秽气，满眼有芳春。
　　美酒含情醉，歌诗带泪吟。
　　青山赋一笑，无悔百年身。

雨后

2009 年 8 月 2 日

昨晚一场雨,晨来万物新。湖中荷花艳,岸上柳清荫。风细含香,游客琴歌人舞;水润波明,渔翁钓饵鱼亲。我也漫步湖边,赋咏而清吟也。

雨后荷花分外红,香柔岸柳绿溶溶。
楼堂殿宇皆成韵,远近高低各不同。
俊雅芳裙织画卷,莺歌燕舞颂升平。
风来草树浓湿处,禅坐悠闲一钓翁。

蝉

2009 年 8 月 3 日

傍晚湖边的蝉噪满园。一盘浓金色的清月,悬在柳梢头,听那青蝉的吟唱,我也在蝉歌的旋律中吟诗。

蝉歌越唱越焦急,长啸低吟带泪嘶。
柳暗灯明人惨淡,风凉月静夜迷离。
声何美矣情何重,我向东来你向西。
两片琼裙柔翠幔,一腔清露待晨曦。

月夜

2009 年 8 月 6 日

今天是农历十六,晚上的月是红色的,在高槐梢头悠悠。湿浓的夜空里幽远,月落在荷塘里,花叶田田,荷花的清香飘来。是诗意的圆月令人感动。

荷塘水映月娇容,天上人间景不同。
叶掩蛙声声似呓,波浮桂影影成空。
莺啼鸯梦成双醒,露落莲心并蒂浓。
万里相思抬望眼,一怀愁绪叹秋风。

奥运一年

2009 年 8 月 8 日

八月八,奥运一周年。去年八月八,奥运在北京举办,热烈壮美恍如昨日。民族的盛事在心,人生的幸运凝成诗行。其情其意,都因这盛事而感动。乃诗以记怀也。

常忆去年八月八,欢歌狂舞醉流霞。
交心泪共长江水,友爱情沏龙井茶。
荷露滴开荷露眼,杜鹃啼破杜鹃花。
千般妙景抒胸臆,满目菊香是我家。

鹧鸪天·嫩秋

2009年8月12日

晚上,天仍很闷热,一块月是火一样的红色,悬在东边半空中。没有风,水面有波光闪耀。岸边柳荫下有萨克斯管悠悠的乐曲荡漾在波上园中,听了让人心里酸酸。诗意就从这乐曲里涌出来。

柳带轻摇倩影歌,朦胧犹忆故乡河。寻常苦恨诗偏少,自古情深泪也多。　　花弄影,水澄波,鸳鸭讪笑路蹉跎。风中已有秋凉意,紫燕归来宿旧窠。

柳岸

2009年8月15日

岸上柳溶溶,绿水波溶溶,游艇划开水面,荡起欢快的绸带,和着林荫里的鼓乐欢舞。钓者静静,歌者悠悠,鼓者铿铿。嫩秋的祥和让人感动,人生的诗意在杨柳风中徘徊。

双行岸柳绿莹莹,秋色初来意趣深。
旧友新菊香淡酒,高风微雨沐闲人。
心随流水心偏远,眼望繁华眼却浑。
造化为谁开画卷,浮名最易惹尘身。

秋水

2009 年 8 月 16 日

　　林荫里朦胧着夜的花香，隐约着柔软的乐曲，悠悠漫步的身影。湖面波光斑斓，有淡淡荷香飘来，长堤廊桥上人影绰约。这美丽的夜晚，是诗意的温床，乃吟而记之。

　　　风柔秋水起波澜，露腻荷香舞袖闲。
　　　鸟卧高枝思伴侣，花凝嫩蕊好求欢。
　　　无缘福地唯南海，有幸尘身在北山。
　　　夜色朦胧人影乱，一湖明镜照乡关。

雨后紫玉兰

2009 年 8 月 18 日

　　一场轻轻的细雨，沐浴着楼下盛开的紫玉兰，湿润的胭脂蕾在绿叶间莹莹闪动，清香也弥漫开来，煞是动人心魄。乃赏花听鸟，踏歌而记之。

　　　玉兰绽放蕊殷红，秋色烟含绿更浓。
　　　向晚夕阳亲草树，痴心老叟坐檐楹。
　　　小舟不系随流水，高鸟闲游任好风。
　　　有味人生情未尽，回眸一望满天星。

向晚

2009 年 8 月 19 日

雨后的傍晚天晴了,晚霞很绚丽,烟霭朦胧中的草树玉兰都在图画里。在河边徜徉,在诗的图画里吟哼。

霞柔新雨后,烂漫染云空。
飞鸟来窗下,游鱼戏水中。
开樽约胜友,挥翰诉闲情。
眺望香山远,凭栏夜露浓。

花影

2009 年 8 月 21 日

湖边散步,有悠悠的萨克斯管乐从湖面上传来,有缠绵的歌音弥漫在林中,有昆虫们的细语在草丛花枝上叽叽,湿漉漉的雾雨湿润了心田,也湿润了诗情。

花影轻摇雾缕浓,缠绵箫管动春情。
梵铃有梦惊眠鸟,佛塔无言伴磬声。
苦露滴湿新菡苔,香风醉透老梧桐。
桥头流水浮七彩,一半鲜活一半空。

赠林公从龙先生

2009 年 8 月 25 日

林从龙先生诗词研讨会在河南郑州举行。林公是中华诗词学会的创建者之一，是新时期推动中华诗词复苏繁荣的大家，也是中原诗词家们的引领者。我乃后学，对先生人格才华敬佩有加，且受教多多。有句以记。

万仞嵩山曙色开，霞光灿烂沐英才。
中原谁是经纶手，大雅林公健步来。

荥阳（二首）

2009 年 8 月 27 日

荥阳处中原腹地，东临郑州，西眺洛阳，南望嵩山，北濒黄河，历史悠久，文化灿烂。陪同李文朝主任考察这里的诗词文化和推行诗教的情况。得诗二首以记。

（一）

黄河邀我拜荥阳，嵩岳峰巅喜欲狂。
文翰飞腾天落韵，诗潮澎湃地生香。
鸿沟曾见旌麾乱，乡校重闻吟帜张。
大海寺前思盛世，虎牢关上忆周王。

(二)

结伴刘郎故土行，荥阳惹我恁多情。
高怀万里黄河水，雅颂千寻嵩岳风。
硕彦争辉星灿烂，人文蔚起月光明。
东边唱罢西边舞，都共诗豪梦里通。

【注】

鸿沟：即刘邦项羽争雄的楚河汉界。

乡校：典出郑公不毁乡校。

大海寺：在荥阳老城东，建于魏孝明帝正光年间（520-525），隋末，李渊为郡守，为其子李世民目疾还愿而重建。

虎牢关：即汜水关，因西周穆王在此牢虎而得名，后因避唐高祖的祖父李虎名讳而改为武牢关，是历代兵家必争之要地。著名的三英战吕布、李世民打败窦建德都发生在这里。

刘郎：诗豪刘禹锡，有竹枝词句"东边日出西边雨"。

上坟

2009 年 8 月 28 日

回到家乡，祭奠老母。坟茔在秋的绿海里静静，一蓬藤蔓绿草在坟上葱茏。天阴沉，雷声滚动。我跪在老母面前，青烟袅袅，酒香弥漫，心里酸酸，苦不堪言。人生愧对老母，父辈艰难都在心中。诗以记我伤感。

阴霾笼罩故乡秋，风动殷雷地写愁。
三两昏鸦啼老树，一蓬绿草染荒丘。
青烟迷眼枯肠断，浊酒凝心热泪流。
沃野稼禾牵我袖，云中飞鸟也回头。

秋思

2009 年 9 月 1 日

我静静地站在河边柳树下，看一河秋水悠悠东去，人生四季，春去秋来，许多感慨在心头。

忽惊秋气荡皮囊，鬓上飞霜额上光。
月下常觉人影瘦，花前惯看酒杯凉。
金蝉无意攀高树，紫燕相约返故乡。
云里青山涂晚照，窗含白塔伴夕阳。

圆月夜

2009 年 9 月 3 日

农历七月十五夜，天阴没有月，公园里人影绰约，灯光幽幽。见月亭前，一团昏黄的光在高大的老槐树上，那是浓云后的月亮。这是一个很悲苦的日子，是为故去先人送寒衣的日子。许多的边关战友在这个圆月的夜里，会想起远去的先人。也是他们月圆人不圆的夜。

十五月圆人不圆，痴心欲寄对谁言。
柔风摇动湖边柳，腻露滴湿树上兰。
千里相思思已乱，三年戍路路忒难。
长河流向关楼外，问我兵哥几日还？

白露秋凉

2009 年 9 月 6 日

明日白露，秋天来了，一天秋雨淅淅，气温骤降，秋水溶溶，秋风清凉。有感而记。

白露风欺绿柳丝，新秋寒嫩雨凄凄。
园中游客桥头立，水面鸳鸭岸草栖。
醉眼迷茫谁动问，愁思紊乱我心知。
一生冷暖皆成趣，四季循环也是诗。

岸柳

2009 年 9 月 8 日

天晴好，我站在木樨地河桥头，看一带碧水波动，岸柳如雾，栏边有三两钓竿在水中悠闲，高鸟云纱动人。有诗情在胸中汹涌，吟成各句。

双行岸柳绿溶溶，一带清流耀眼明。
秋日阳和归我有，菊花酒淡与谁同。
应惭鸟比虚名重，可笑鱼吞钓饵轻。
空色都浮明镜里，玉渊潭水好濯缨。

人生

2009 年 9 月 13 日

河边公园里无数的人们在欢歌,阳光明媚,秋风嫩润,思想人生,转眼百年,所剩无何。有感而记。

八千岁月到如今,朝代更迭世事新。
将相王侯成粪土,穷达荣辱变微尘。
财发鬼道终为假,酒入俗肠也不真。
惨淡人生只一瞬,多情幸是有芳邻。

秋望有怀

2009 年 9 月 14 日

秋来了,阳光仍然灿烂,高天变得蓝了,清亮了,远处的香山起伏着优雅。燕山黄河千里,使我乡愁如诗也。

秋风初嫩望香山,霞彩烟岚众鸟闲。
窗外浮屠涂色相,东邻瑶瑟诉悲欢。
芳园水润游鸳鹭,玉树花开栖凤鸾。
鬓老情多羞对镜,弥陀笑我不成仙。

小牵牛

2009 年 9 月 15 日

阳光特别好，蓝汪汪没有一丝云。窗上花盆里何时生出一根细细的牵牛藤蔓，嫩嫩的枝梢上缀着一朵小小的艳艳的花朵，秋阳照进窗来，沐在花朵上，红粉润润，怕羞一样低着花唇，煞是可爱。有感而记。

秋阳沐浴小牵牛，嫩蕊娇红醉艳羞。
薄暮缠绵藤细细，清风湿润叶油油。
心因花好心才动，泪是情多泪已流。
窗外浮屠无感应，一团空色惹人愁。

兰台新歌动人怀

2009 年 9 月 16 日

中国档案报组织的"东方飞扬杯"中国档案工作者之歌征集评选活动，讴歌了档案工作者的高尚追求和美好心灵，是献给共和国六十周年最深情的礼赞。毛福民老局长组织终评，我非常高兴和石祥老师一起参加。读着这些放射着档案人心灵之光的诗歌，我心为之感动。有诗记录情怀。

歌诗流韵颂兰台，盛世中华史卷开。
柱下犹龙多雅士，舆前呼凤有贤才。
瑶函金柜存殷鉴，妙理真经备简赅。
百万忠心同捧日，洪讴浅唱诉情怀。

秋晚梦春

2009 年 9 月 18 日

　　我在夜的灯光里徜徉。繁华的街市，高远的天空，嫩秋的夜晚，却让我感到春的气息，春的芬芳，心中翻卷着喜悦和感动。乃吟咏以记。

　　云空飞紫燕，草色诱黄鹂。
　　柳看芳春早，桃呼细雨迟。
　　高天听舜乐，厚地颂尧诗。
　　我是多情子，问君知不知？

秋夜

2009 年 9 月 20 日

　　人生只有一次，人生多么短暂，人生何其苦痛，人生如此无奈。在玉泉河边漫步，温润的灯光照得河水幽幽，照得柳幕幽幽，心中的苦痛幽幽，逝水东流，静静淡然，冰一样的咸涩在秋夜里，凝成伤感的诗行。

　　秋凉秋夜秋水平，柳暗灯幽鸟不鸣。
　　独坐林中听乐舞，忽惊湖岸弄琴筝。
　　心田烂漫残阳紫，眼底朦胧落蕊红。
　　每到天寒常有梦，谁知冷暖慰浮生？

对弈

2009 年 9 月 21 日

有梦入林深，有山人弈棋，且争胜而狂呼。醒来想起刘阮进山砍柴的故事。人是个奇怪的动物，功名利禄的追求争斗，其实不比虎狼的争夺温柔多少，不同之处是人还常为情困，苦痛就比虎狼多一些。而吟成一律记之。

樵路观棋已烂柯，长河依旧万层波。
三千岁月才一瞬，二百年轮算几何？
客旅悲酸音问少，人生苦恨友情多。
芙蓉红泪含秋水，心底清流起壮歌。

玉渊潭夜

2009 年 9 月 22 日

晚上的玉渊潭秋水溶溶，岸柳婆娑，人影朦胧，电视塔高高耸入天空，五彩的灯映进湖中，湖水变成神秘而绚彩的图画。人在图画里吟诗以记。

波清风爽玉潭空，色相斑斓鏖眼明。
柳下轻歌歌浪漫，湖边软语语朦胧。
浮生由命灵犀少，造化随缘妙理通。
翡翠琉璃呈幻影，尘身却在彩云中。

江城子·嫩秋

2009年9月26日

稀稀的雨沐着葱茏的园林，路边的菊花艳艳，湿润润娇美。一园葱翠欢乐让人心胸为之大爽。菊香惹人愁绪，似见鬓上枯黄。胡乱涂抹以记也。

菊花秋雨味清香。雾丝凉，柳丝长。无限柔波，谁伴荡双桨？独步栏边愁渐满，莺鹊舞，乱枯肠。　　人生无奈鬓飞霜。草微黄，雁南翔。往事烟云，聚散太匆忙。苦恨都因缘分少，羞对镜，怕思乡。

蝶恋花·老柳

2009年9月28日

湖岸的柳在初秋的微风里温柔地摆动着，夜色朦胧中的灯光也动人心魄，让人生许多思绪。于是歌吟而记情怀。

湖岸微风欺老柳。碧水烟波，袅袅歌依旧。新月亭台人影瘦。琼华岛上灯如昼。　　千里思乡榆麦秀。巷陌深深，醉了销魂酒。但愿相逢三五后。桥头漫步携君手。

鹧鸪天·十一夜月

2009 年 10 月 1 日

国庆节，一个幸运的好天气。蓝天上的月早早地圆了，恰是节日，又恰是中秋，月亮圆，节日圆，心情也圆了。诗意都成了诗行。

月是多情国庆圆，鲜花美酒醉婵娟。六十甲子风涛卷，万里神州雨露甜。　　人有梦，路忒难，心湖水润起波澜。今宵幸遇仙园侣，仰首倾杯泪不干。

闲坐

2009 年 10 月 2 日

特别晴朗的好天气，玉渊潭里一片节日祥和气氛，歌舞喧喧，波光涟滟，花美绿秀，人心都沐在阳光里。鸟们的歌声动人心弦，也啼成诗句。

闲坐林荫听鸟啼，阳和日暖懒如泥。
多情月季萌新蕊，熟透石榴绽老皮。
叶上文书留记忆，湖中世界问盈虚。
游船浪吻湿裙带，秋水挥竿钓鲤鱼。

津门中秋夜（二首）

2009 年 10 月 3 日

天津，中秋，大光明桥畔，一圆月照得人心里酸酸。我和子美徜徉在津门街头，良宵满月，万念纷仍。海河两岸灯火璀璨，无数游人在岸上，在船上观赏着明月，无数情侣在栏边，在林荫里享受着甜蜜。津门的美景也成为诗的记忆。

（一）

婵娟伴我到津门，天界团鸾梦不真。
万里飘风皆色相，千年旋转是乾坤。
一河灿烂繁华在，两岸菩提碧叶深。
浪卷琼浆谁作伴，光明桥畔正怀人。

（二）

云中雁叫客心惊，又到中秋泪有情。
幸是相逢金月满，悲来苦忆玉壶空。
浮生苦海无穷浪，梦里蓬莱第几峰？
今夜津门听露泣，栏边仰首望蟾宫。

鹧鸪天·湖中月

2009 年 10 月 4 日

玉渊潭里的月很圆很美，湖中水融融，天上月融融，岸上人融融，风中的心也融融，我的诗行也融融。

万里清晖万缕愁，魂消素魄恨悠悠。抚琴曲动湖中水，纵酒杯摇岸上楼。　　风惬意，月娇羞，绰约柔美舞梢头。蟾宫若有神仙会，莫笑鱼吞钓饵钩。

江城子·秋思

2009 年 10 月 8 日

站在河边，花坛里的菊花嫩嫩，一河秋水悠悠。今天是寒露节气，秋天来了，菊香在空气里弥漫，心生思乡之情。乃以诗记之。

菊花兑酒望高秋，故乡愁，到心头。常忆当年，苦菜伴稀粥。风雨饥寒慈母泪，思绪乱，寸肠柔。　　玉渊潭水向东流，去悠悠，永无休。军旅蹉跎，鬓雪染颜羞。多少辛酸悲喜事，明月在，照神州。

西江月·云竹

2009年10月10日

秋天的阳光温柔而多情,秋天的天空湛蓝而辽阔,窗前的云竹藤蔓长长,展示着生命的神奇,疏影展开着幽雅,细藤缠绵着,缠绕着,探索着生命的空间和未知,那是生命的沉静和安详,追求和执着,爱恋和痴情。诗以记之。

秋水澄波涌浪,黄花带露含香。云竹藤蔓碧丝长。缠绕痴心梦想。　　我愿回归觉岸,谁来倒驾慈航。一年春色在何方?四季皆成万相。

秋晚

2009年10月12日

傍晚凭窗,窗前仍然朦胧着缠绵的雾缕,窗台上的花朵鲜美湿润,一只花羽的鸟在窗外叫着落下来,这图画煞是动人。乃以诗记之。

玉骨花容向晚红,横波含笑对秋风。
窗前闹市尘埃重,远处浮屠色相清。
慧海无边由我渡,慈航太苦伴谁行?
人生若有情和爱,一步三摇眼底空。

农家乐

2009 年 10 月 16 日

郊外游，住农家。清幽夜色，玉露芳花。山泉如诉，烟雾如纱。朦胧草树，啼鸟叽喳。鸡鸣醒梦，犬吠惊鸭。漫步田头，有乡愁之情绪；闲悠林下，思故里之桑麻。乃吟诗以记情怀也。

农家小住夜清幽，犬吠虫鸣到案头。
把手倾杯贪老酒，推心感泪赞新秋。
菊香浓淡窗边绕，溪水叮咚院外流。
入梦欣逢三五后，一怀明月醉红楼。

夜月（二首）

2009 年 10 月 17 日

常忆中秋月，清辉浴满河。凭窗思旧事，把酒唱情歌。感慨菊花老，禅心尘土多。无缘难聚首，多虑易蹉跎。莫问功名矣，可怜白发何。乃怀思漫步，哼诗吟咏而记之也。

（一）

秋嫩风清夜色幽，香槟美酒醉高楼。
乡怀绪乱良宵苦，胜友情多喜泪稠。
绿柳灯前柔影动，黄花鬓上暗香留。
天街圆月星偏少，津渡伤别欲远游。

（二）

千杯一梦浴天河，情比牛郎织女多。
翠岸春风花烂漫，廊桥秋韵柳婆娑，
人间苦酒连愁舞，玉宇琼浆伴醉歌。
莫笑浮生双鬓老，胸中空色是弥陀。

红牵牛

2009 年 10 月 18 日

　　早上的园中一片欢悦祥和，岸柳在秋风里开始苍老，岸边草丛里的牵牛花却仍然艳艳地娇红，在已经枯黄的草毯上点缀着鲜美。人生的秋天更显浓烈而厚重，诗的韵味更加深幽而淡雅。乃吟而记之。

杨柳春秋老，牵牛两季红。
重阳凝醉魄，寒露映娇容。
酒是陈年好，情随鬓雪浓。
游园惭稚子，坐岸羡渔翁。

鹧鸪天·柳叶黄

2009年10月21日

站在河边,看风中的绿带,忽然见那油绿的叶子黄了。秋天的色彩开始给青春披上苍老的装饰。人生匆匆,转眼老去,与这无奈的秋色无异。沧桑感慨变成诗行。

坐岸忽惊柳叶黄,时光岁序恁匆忙。朝阳暖似周秦远,流水波如汉魏长。　腥血事,太荒唐,芸芸苦命叹悲凉。沧桑变幻无穷已,翰苑留痕一点狂。

讽拜佛

2009年10月24日

八大处灵光寺佛牙舍利开光了,无数的人来瞻仰,来到佛塔下,脱了鞋子,双手合十,从红地毯上走进塔身里,顶礼膜拜佛牙舍利子。我也求心灵宁静,乃以诗记我安详。

秋风伴我拜弥陀,我与佛家法相合。
舍利灵光惊眼界,释迦宝训洗心魔。
莲花影乱沾清露,池水鱼闲起浪波。
多少黄金台上客,移文调寄北山歌。

水云石

2009年10月24日

　　八大处三山庵，正殿门前一块水云石。有碑文记：这是一块天然汉白玉水云图，深浅、浓淡、焦湿的墨色纹理交织成远山、近水、飞瀑、流云，疏密相间的山林，林中的虎豹麋鹿，猕猴，潺潺流水。也有头戴竹笠身披蓑衣的渔者。引来无数游人驻足，乃吟诗以记此石。

　　水云石上水云图，费尽丹青总不如。
　　深浅焦湿浮妙趣，泉流草树伴茅庐。
　　天工造化真神矣，国手高才可叹乎？
　　莫在尘间喝淡酒，常来山野看奇书。

思乡

2009年10月25日

　　半块月在楼头上，明天是重阳节，眼前水幽幽，有思乡的情绪在胸中，想起远去的父母，想起千里外的故土。都成诗意，乃吟而记怀。

　　九九重阳夜，穹宫半月明。
　　婵娟羞掩面，笑靥动含情。
　　万缕思乡曲，一怀游子风。
　　秋山隔绿水，共数满天星。

己丑重阳月

2009年10月26日

　　重阳的月半面冰清,蓝天玉一般透明。月的对面是一颗晶莹的星闪耀。多彩的灯映在水里,柳蔓在波上柔柔。朦胧的夜色使人陶醉,九九的秋风让人伤感,伤感也进入诗行。

　　重阳夜月静无声,半面冰魂半面空。
　　柳带婆娑人缱绻,华灯璀璨鬓星零。
　　茶煎艾叶情不淡,酒兑菊花意更浓。
　　万代尘寰皆幻影,三生苦命少圆通。

秋雨有怀

2009年10月30日

　　天冷起来了,下起细细疏疏的雨,雨点冰凉滴脸上,让人感到冬日寒酷的到来。白塔在朦胧的雾里幽幽,几只乌鸦从窗前飞过。佛陀也会进入秋天,莲界也有冷暖阴晴。乃哼诗记我幽思也。

　　落寞一生几梦思,疏狂散漫却情痴。
　　躬耕翰苑非无趣,旋转乾坤不是诗。
　　慨叹鱼衔香料饵,欢欣鹤舞凤凰池。
　　临风烂漫菊花蕊,笑看残阳照老枝。

雪

2009 年 11 月 1 日

　　早起，窗外下雪了，玉树琼楼，一河琉璃，两岸素绢，湖波铺成翡翠，山峦起伏银龙。雪的风光，令人神驰。有诗意在心里。

　　昨夜秋风动九霄，窗前喜见雪花飘。
　　高松白发琼身老，弱柳银条玉蔓娇。
　　桥畔车多人惨淡，湖边景美我逍遥。
　　金菊也爱冰洁蕊，造化随心少寂寥。

雪里迎春

2009 年 11 月 1 日

　　亭子下一丛迎春的枝条上绽开着嫩黄的花朵，在这雪的寒气里，更显得娇美。雪后的晚霞涂在枝条上，花的嫩润让人心动。春天来了，雪的晶莹也净化的空气，净化了心来，也湿润了诗行。

　　雪里迎春花最娇，冰寒依旧展妖娆。
　　莺歌枝上谐仙乐，鹊舞亭前和玉箫。
　　乱发随风拂晚照，柔霞伴我看新条。
　　尘心恰似湖中水，四季含情映碧霄。

霁月

2009年11月2日

晚上湛蓝的天镶着银盘的月,静静望尘世间,湿润冰清,让人心动。多少人生的苦难,都会在赏月时忘记,都会从玉宇清明中得到安慰,都会嫦娥玉兔的图画里变成诗行。

苍穹圆月欲如何,玉面冰魂静静波。
四季难逢三五满,一年才有几回合。
阴风苦雨怀痴梦,美酒琼杯唱醉歌。
我愿丰容常似水,尘心未了总情多。

抚宁诗乡行

2009年11月6日

与晨崧、王德虎、李一信参加抚宁诗词之乡授牌仪式。诗乡诗情诗意浓浓,有感而记。

为拜诗乡到抚宁,和谐风雅北国风。
太平鼓舞神欢乐,艺术吹歌我爱听。
天马山前翻旧貌,秦皇岛外看新星。
兴来欲做丹青手,美景随心作画屏。

寒夜

2009 年 11 月 9 日

天突然冷起来了。浓浓的云，有细细的雪粒稀稀地飘落下来。风清清，落叶沙沙响，湖水闪着白亮的光，柳色在风中老去，我的诗意却在清冷中哼成。

灯火何堪夜色凉，寒生冻雨雪含霜。
菊开却秀冰花美，叶落空余柳带狂。
湖水孤鸭浮苦梦，林荫双影动情肠。
忽听对岸琴呜咽，三尺弓弦忆故乡。

雪

2009 年 11 月 10 日

晨来开窗见一片茫茫的雪。河流玉带，树塑琼装，屋铺素帽，一片晶莹世界。檐前的冰水流淌着喜悦的泪水。窗台上的花映着窗外的雪，粉艳艳地绽放。远处山峦也在一片烟霭里起伏着，心中的诗行也在清波里涌动着。

檐飞皓鹤玉琢亭，素袖翩然万树琼。
吟咏遥思人影远，听琴伫望月魂空。
诗凝文案杯中酒，雪暖寒梅蕊上冰。
酷冷风吹河岸柳，无花无叶也无晴。

雾凇

2009 年 11 月 12 日

一天的雪飘扬着，茫茫一片晶莹的白，河岸杨柳满身玉带，楼头是厚厚的素帽。这是诗的景色，乃援笔记之。

雪舞京华玉宇低，尘埃落尽气清怡。
楼堂凌泪银铺帽，杨柳琼雕素裹枝。
远眺青山呈瑞象，窗前白雾绕菩提。
团团絮似争春色，朵朵霙花照眼迷。

赴荥阳"诗词之乡"命名

2009 年 11 月 15 日

赴河南荥阳，参加"诗词之乡"命名挂牌仪式。飞车窗外白茫茫，远处的山银龙一般起舞，只有河流像碧绿色的玉带逶迤在素绢上。有感吟成以记。

瑶山琼路我陪君，皓鹤随心舞素云。
紫凤难得尘世见，红梅总在雪中寻。
国风占尽风骚韵，周雅来思赋颂人。
瑞象常为榆麦秀，真情有梦杏坛春。

吊唁

2009 年 11 月 18 日

千里飞车，千里飞雪，千里悲苦怀思。夕阳湿润润的欲滴，慢慢溶进雪的茫茫，黄河两岸素锦铺就。回乡吊唁远行的姨父大人，许多往事涌上心头，童年的记忆都在眼前。乃苦吟而记情。

  茫茫千里雪铺银，客路归程苦涩心。
  碧水清波流翡翠，青山素帽舞浓云。
  冰凉世界无真相，慈善弥陀不现身。
  三拜何堪偿愧悔，双行泪落忆深恩。

满江红·小雪

2009 年 11 月 22 日

今天是农历小雪节气，天气晴朗朗，草坪里的雪未化完，迎春的枝条上有点点嫩黄的花星星，几只花喜鹊在草坪里悠闲地寻觅，舞者歌者在园里享受人生的美好，也享受诗意的缠绵。

  雪里黄花，迎春早，玉渊潭畔。冰易碎，玉桥身短，柳丝散乱。岸上凝听莺语软，栏边眺望香山远。翠管摇，舞步影朦胧，迷双眼。 芳草瘦，南风暖；霞彩意，阴晴晚。惹平生憾事，喜忧参半。千里思归尘鬓老，寸心羞对乡关怨。苦情多，落叶也生愁，琴声断。

江城子·雪后梅

2009年11月27日

路边残雪里一干枝上点点红殷殷的花，那是雪里绽开的梅花吗？长河里的水清莹莹舒畅，薄冰闪着彩色的光，微云在水中流淌。我感动那残雪里的晶莹，有感而记。

干枝梅在雪中开。早莺来，诉情怀。也伴松竹，清气上楼台。燕子飞回南岭外。莹蕊泪，洗红腮。　长河如练岸唇白。愧诗才，赋骚哀。一例高格，绝少染尘埃。水上微云冰上彩。香淡雅，我徘徊。

玉渊潭之晨

2009年11月29日

水上的冰薄薄，朦胧着淡烟，远处的电视塔被雾缕缠绵着，穿过雾层，塔上的旋转层和塔尖露出身来，阳光在上面闪耀，隐隐约约，似有还无，飘渺如仙境。柳丝上裹着晶莹的冰挂，草坪里一层白雪融融。园里音乐舞步悠扬，合唱队嘹亮的歌声在冬天的天空里回荡。这是家国升平的图画，乃诗以记之。

冰薄水暖玉渊深，雾淡霞柔裹塔身。
杨柳多情霜染粉，山河有意雪涂银。
歌音冬至兰花老，舞步春来燕字新。
怀抱珠玑求散尽，心存佳句不轻吟。

窗上柠檬

2009 年 12 月 1 日

　　田老师手植一盆柠檬在窗台，果子日渐凝黄色润，枝叶上果皮上渗出晶莹的汁液，阳光映来，衬着窗外的蓝天，一幅充满生机的图画，显得格外好看。对花凝望，吟成诗行。

　　琼枝碧叶一柠檬，圆润凝脂秀色浓。
　　窃喜明窗听鸟语，来约嘉树唱国风。
　　曾经禁苑雕梁紫，常伴华灯玉液红。
　　酸涩偏接诗韵美，白头不厌酒杯空。

望月

2009 年 12 月 3 日

　　晚上的月在蓝天上圆圆，晶莹透亮，酥酥的光华沐浴大地万物。赏月总会遥思，乡愁又到心头。乃感而有记。

　　杨柳枝头鸟乱鸣，香窠好梦诉幽情。
　　扶摇玉宇蟾宫月，坐看牵牛织女星。
　　佛塔高危空亦静，梵音柔软细还平。
　　今生常做逍遥梦，欲渡慈航却不灵。

冰河

2009年12月5日

外面的阳光很好，昨晚一场风，河水冻了一层薄冰在阳光下闪闪。草树更加枯萎，杨柳没有了生机。三角地林子里的鼓乐仍然铿锵，管弦仍然讴哑。人们欢乐的乐舞都变成我的诗行。

朝霞涂染一河冰，华彩风霜展画屏。
杨柳萧索思旧韵，管弦讴哑诉新声。
阴晴唯念楼头月，荣谢无关树上莺。
美酒千杯人未醉，尘心五蕴我多情。

晨歌

2009年12月6日

早起一窗阳光灿烂。一块淡月悬在蓝天上。路边林子里的鸟们合唱奏鸣，满眼胜景让我流连，满园的欢乐让人感动，人生在阳光里在歌舞里何其乐也快哉。

梦醒临窗霞彩新，长天水洗月留痕。
枝头唤友呼朋鸟，树下轻歌曼舞人。
鼓乐何知三界苦，管弦多是二毛亲。
唯求盛世千年好，也盼尘身百岁春。

满江红·己丑大雪节气抒怀

2009年12月7日

　　大雪无雪。早上的天晴朗，霞光落在河面冰上。寒气在柳丝上凝结着嫩嫩的米粒，玉兰树上孕育着花苞。玉渊潭里的塔影将五彩铺到湖里，有执着的钓者砸开冰面将渔竿伸进水里，等水底寂寞的鱼儿上钩。

　　大雪清寒，斜阳暖，晚霞铺路。青烟袅，飞来山影，荡尘涤雾。堆玉生香梅蕊露，凝花塑柳冰丝舞。钓台西，散慢是渔人，飞鸥鹭。　　乌鹊暗，湖冰素；思千里，骋远目。寄天涯一曲，泪湿乡土。常恨光阴催鬓苦，无情岁月空闲度。孤酒淡，盼燕叫春来，凭栏伫。

雾

2009年12月10日

　　傍晚浓浓的雾，永安寺朦胧似仙境。窗上的花仍然红润，飞鸟掠过窗前，留下一串歌吟。

　　非仙非幻雾朦胧，一览尘寰万象空。
　　漫步同怀听玉露，登楼独自看花容。
　　冰丝绕乱烟霞紫，凌泪哭成草色青。
　　香水何如真水净，诗情总比世情浓。

柳岸

2009 年 12 月 13 日

早上玉渊潭。阳光在电视塔上闪耀,弦歌劲舞在园子里欢跃。细柔的柳丝在清晨的阳光里袅袅。对岸一位锯琴手缠绵的乐曲,让人心里酸酸地难受。乃吟咏记我伤怀。

杨柳冰条忆旧时,罗裙柔蔓舞腰姿。
双双莺燕亲芳草,朵朵芝兰恋玉笄。
常梦枝梢来杜宇,而今鬓角吐尘丝。
梅花恰在竹林外,绿翠红娇雨露滴。

漫想

2009 年 12 月 17 日

独立湖岸,风苦冰坚。春华秋实,夏暖冬寒。梵铃闲淡,落叶铿然。人生四季,悲喜百年。悠悠漫想,诗绪无端。

北海波明汉月低,琼华岛外画桥西。
乌鸦犹念含情哺,紫燕频衔带泪泥。
花有红蓝亲细露,鱼无大小浴清池。
闲朋醉侣谐歌舞,玉管丝弦伴鸟啼。

湖边漫兴

2009 年 12 月 20 日

阳光明媚，特别蓝的天。一湖冰闪着绚丽的霞彩，站在湖边感受尘生的喧嚣，有感漫吟。

湖边日暖沐乾坤，乌鹊盘旋对对亲。
老眼梅花堪泫泪，苍颜苦柳恁惊心。
高台醉舞摇龙步，岸上轻歌动我魂。
无怨无求真妙性，多情多难是诗人。

京民圣诞夜宴

2009 年 12 月 24 日

晚上中华诗词学会诸同仁在京民大厦为澳门诗家连家生、冯刚毅二位先生接风。恰是圣诞之夜，共祝人人平安。感慨有记。

羞月华灯照友人，濠江水润北国春。
诗逢盛世堪长啸，情系家山好壮吟。
翰墨蹁跹泗乐舞，琼浆浓郁醉京民。
鹿鸣骚雅惊尧舜，南海潮声入梦魂。

西江月·京民大厦十四楼

2009年12月25日

请连家生先生为我题写了书名。命运中的此刻，我站在京民大厦十四层楼窗前，远眺京城胜景，感慨人生缘分和奇遇。上帝与我何惠，圣礼恰似偶然。圣诞老人也知我在高楼上感念他的存在吗。有感哼成以记。

十四层楼瑞霭，八方景致蓬莱。天街圣礼到阳台。一片云悠千载。　　盼望明年春到，重回此地花开。凭窗对酒更开怀。人生多少无奈。

忆故乡

2009年12月27日

河里的冰更厚，阳光虽然灿烂，风却冷酷无情。站在湖边，思绪飘到遥远的故乡。

摩天嵩岳耸千秋，万古黄河万里流。
碧水银鳞殇钓饵，灵椿乌鹊老枝头。
亲朋汗落晨星走，玩伴情亲夜月游。
镜里霜寒欺鬓暖，湖边浅唱对洪讴。

凭窗

2009 年 12 月 30 日

杜主任和关老师夫妇在国防部大院宴请畅叙，董保存、林高俊和夫人贾群一起参加。在机关餐饮楼五层，凭窗一览北海景山，远眺京城美景。窗下是北海园中如诗如画。战友情深，诗意绵绵，人生难忘，乃吟而记之。

凭窗遍览古今图，广厦琼楼换旧都。
盛世时来因大纛，家国运转赖中枢。
百年荣辱穷达事，万卷兴亡胜败书。
北海浮屠非幻影，尘心透亮似冰壶。

瑞月

2009 年 12 月 31 日

农历十一月十六，今天的月确实更圆更亮，恰是银盘般圆满多情，醉我心怀。心有感慨，涂成一律。

瑞月波酥醉我魂，婵娟爱恋有情人。
千娇鹊唤双行泪，百啭弦柔万字文。
玉宇霖甘春水暖，吴刚酒洌桂花醇。
缘求彼岸慈航远，七宝莲开法相亲。

迎新

2009 年 12 月 31 日

又是一年过去,时光脚步匆匆。愧我平平淡淡,常怀胜友高朋。真情弥足珍贵,感慨油然而生。思考人生漫漫,吟诗记我多情也。

一年光景太匆匆,尚未重逢又岁终。
己丑梅花花未老,庚寅柳眼眼回青。
声声竹爆惊晨梦,缕缕春风沐晚晴。
弹键敲诗权当酒,高山流水寄飞鸿。

沁园春·岱岳

2010 年 1 月 1 日

新年第一天,凭窗望长天无际,念高朋胜友,故里家山。忆人生坎坷,羞愧赧言。心有感慨,涂抹诗笺。

岱岳高拔,俯瞰江山,万古独尊。望松涛绿浪,危崖壮壑,青云紫气,鹤舞龙喷。齐鲁风情,人神圣迹,毓秀钟灵处处春。堪怜矣,有斑斑血泪,湿润芳林。　凭栏伫立天门,八千里黄河写壮魂。叹东流逝水,泥沙俱下,沧桑变幻,胜败留痕。将相王侯,灵椿草芥,几度夕阳变细尘。来坐吧,对一壶美酒,谈笑倾心。

新雪

2010年1月2日

　　下雪了，清凉的风吹在脸上。湖上铺满瑞雪。燕山润玉，芳树梨花。岸边垂钓人，砸开冰面，坐岸悠悠，静静看墨绿色的冰洞里鱼儿跳跃。闲适欢欣在钓友话语中。乃观鱼而忘我，踱步以哼诗也。

　　一团春气雪柔柔，岁末携君共畅游。
　　彩鹊清歌萦老树，梨花欢舞上高楼。
　　湖边柳线牵人袖，冰下游鱼恋钓钩。
　　万象乾坤非我有，诗情相伴更何求？

晴雪

2010年1月4日

　　湖边散步，阳光照耀厚厚的雪，几只花喜鹊在雪中喳喳叫着，留下一串无人识得的文字。阳光把雪雾染成五彩的光团。树枝上垂下藤蔓，落下烂锦一样的银屑，在微风中纷纷扬扬。晶莹的闪亮，粉润的暖红，湿润的软软。雪的世界如梦如幻如诗一般。乃吟而记之。

　　晴日霞开万象奇，梨花浓淡眼迷离。
　　香梅凝玉含冰蕊，苦柳蒙霜裹雾枝。
　　华彩流光织素锦，清风梳鬓透罗衣。
　　娇莺不管寒和暖，总在窗前自在啼。

满江红·叹雪

2010年1月7日

没有被人污染过的雪,闪着晶莹的光。只要人来,多么清净的香雪,就会变得污浊不堪,肮脏得目不忍睹。可叹尘沙之浊秽,应怀冰雪之晶莹。乃游观以记也。

香雪柔柔,蝶乱舞,梨花泻粉。飞柳絮,春来恁早,蕊开凝润。沃野琼田三万里,峰峦玉马八千骏。素裙飘,醉眼看冰容,云霞嫩。　　芳草梦,寒梅韵。眸已累,思成恨。叹污身浊影,染腥着粪。法界莲池清亦静,人间幸有尧和舜。景缥缈,伫岸望苍茫,情不尽。

雪后

2010年1月9日

一团春气,霁雪多情。阳光霞彩涂在雪上,满湖温暖,一河晶莹。满园琼雕玉塑,感慨造化神功。望家山而念念,思故里而浓浓。盼田铺银屑,期人寿年丰。乃哼诗以寄乡愁。

满眼琼堆粉塑图,贞洁素雅少尘污。
林边雅士银狐氅,湖岸佳人玉鹤襦。
紫陌黎民承紫气,黄台领袖唱黄竹。
天公赋象清凉色,映我临窗伴酒壶。

远眺香山

2010年1月13日

从中华诗词学会九层楼窗上西望，能看见香山的雪沃融融，银龙玉马，烟霭朦胧。眼底清凉淑气，白塔晶莹。悠悠法鼓，阵阵梵铃。山河万里，都呈瑞象；人世百年，愧我平庸。唯以诗记我音声也。

香山雪暖玉龙飞，眼底浮屠照落辉。
缕缕芳华春气到，一双寒影暮鸦归。
冰泥无赖沾黄土，草木多情梦翠微。
周雅来思千古调，幽兰俪曲动心扉。

寄病中刘义权兄

2010年1月16日

解放军档案馆刘义权同志的事迹传遍天下，胡锦涛总书记非常关心，以他的事迹为背景的话剧已经公映。但其病情不见好转，战友情深，人生无奈，感慨万端，吟诗以记情怀。

声闻战友病缠身，伟业惊来天上人。
军旅魂灵多壮烈，阳春花木备精神。
兰台梦境寒梅老，昆玉河边雪柳新。
史册林中皆俊秀，凌烟阁里有同仁。

沁园春·雪上心字

2010 年 1 月 18 日

站在木樨桥头,看阳光照耀一河冰雪。纯净柔软的白雪如宣纸铺开,上有一串串清晰的脚印,一对年轻人从雪上走过。他们站在河心,女孩子的脚印呈现一个巨大的心形,男孩子从心形正中走出一支箭的图案。那丘比特的神箭射中了女孩子的芳心。雪上心字将在春天里消失,祝福他们的情如春水悠悠,带他们流向永远。

  天塑琼湖,雪做绒毡,情注我心。喜凇丝柳线,凌花银雾,烟香梅蕊,冷露温馨。影印芳思,凝成图画,鸳侣颉颃感醉魂。琴音乱,叹歌声渐远,泪落清痕。　　风含万里阳春。看照眼霞光碧浪深。想初来紫燕,泥唇唾意;闲穿绿蔓,舞弄衣裙。谁忆当年,游欢相拥,唯见红尘桃李新。霜寒尽,水东流去也,一梦伤神。

艳阳

2010年1月24日

阳光暖暖，瑞气清馨。一园喜庆，无数游人。一湖冰雪，老幼欢欣。远望岸柳，似染春尘。谁来挥翰，满纸烟云。心有感动，且唱且吟。

一湖冰雪映梅妆，柳上春风抹淡黄。
林里人歌翻乐舞，枝头雀跃筑窠忙。
心随情泪千重喜，笔走烟云满纸香。
清气怡神堪切韵，新芽带露入诗囊。

盼春

2010年1月27日

凭窗西望，香山起伏，云淡柔蓝。新春气息浓厚，人生苦乐悲欢。盼望春来花好，歌吟五彩斑斓。岁月匆匆脚步，催发诗意盎然。乃吟而有记。

残雪消融气象新，风舒杨柳燕泥亲。
阳春有意怜芳草，岁月无情送老人。
盛世千年从未见，青山万岁古来真。
浮名荣辱何须问，一笑生前死后身。

望月

2010 年 1 月 30 日

梦醒中宵,凭窗见月。红晕湿润,融融烨烨。造物多情,人也缘也。千古以来,人们对月寄于无限情怀,各有所感,各有所念,各有所思也。望月而思乡,就有乡愁远远,淡淡融入诗行。

夜半朦胧梦醒来,窗前明月暖情怀。
玫瑰酒液浓浓紫,玉宇柔云淡淡白。
仰首凝思无道路,随君放浪忘形骸。
人生莫叹缘分少,携手何愁命运乖。

鹧鸪天·暖

2010 年 1 月 31 日

晴朗的天气,和煦的风。残雪未尽,芳草苏荣。柳芽滋嫩,水润清冰。玉渊潭里,游人多起来,喧喧鼓乐,软软琴声。蓝天上飞翔着各式风筝,人们的心都到了春天,我的诗意也融入春风。

歌舞笙喧月露白,晨曦柔软腻冰开。兰娇素韵芳心蕊,柳梦青丝碧玉苔。 春未到,燕先来,双双旧地苦徘徊。堂前曾是风流地,忘了琼楼第几排。

告别

2010年2月2日

刘义权同志一生贡献给军队档案事业，倾注其心血，谦恭其操守，从未为自己的利益说过一句话，求过一次情，到死也只是个中级职称。但他成为全国优秀党员，全国优秀档案工作者。死而重于泰山，死得其所。乃歌诗以记我崇仰之情也。

伤别挥泪怕春寒，白草冰丝苦不堪。
华发蒙霜铺案卷，真情带血赋瑶函。
浮生雨酷心偏暖，玉宇风清路也难。
唯有英名常记忆，悲歌一曲到云端。

立春

2010年2月4日

今日立春。草丛里的雪未尽，河里的冰未消。但那柳丝上已鼓动着新绿。莺鸟啼唱着欢悦，春风湿润着芳草，阳光泼洒着明媚，我心涌动着诗情，融融翻卷着感动，幸运平庸的人生。乃歌以记我盛世之真情也。

雪未消融已立春，芳华岁序总催人。
阳和柳眼青波媚，冰润梅花玉蕊亲。
鬓发蒙尘新变旧，桃符润墨旧翻新。
年年此日情何待，绿水胭脂醉梦魂。

悼李汝伦先生（二首）

2010年2月4日

惊闻汝伦老仙逝，不胜悲悼，忆及京华欢晤，聆教倾谈，感慨万端。汝伦老诗文大雅，骏骨铮铮，天下诗家无不尊崇，曾荣获中华诗词终身成就奖。感而吟成以寄哀思。

（一）

京华别后倍思君，噩耗冰寒裂我心。
洗耳聆听留雅训，倾杯把手有余温。
吟旌烂漫抒豪气，翰墨风涛写壮魂。
铁骨梅花应不老，凭窗眺望岭南云。

（二）

昆仑肝胆李公痴，风雅三唐您继之。
诗是红颜知己者，歌凝紫玉会心噫。
云车素鹤听箫管，仙苑蓬莱伴楚辞。
青鸟忽来惊落泪，春衫春雨共丝丝。

【注】

刘征老说："诗是汝伦唯一的红颜知己"。荒芜诗评李汝伦有句"一句会心千古事，白头初识韩荆州"。霍松林教授赞李汝伦诗有句"欲将风雅继三唐"。

立春后雪

2010 年 2 月 7 日

晨来忽惊雪满窗,远望香山雾茫茫。这是春天的瑞雪,有莹莹之净美;这是春天的气息,着淡淡之银装。心里轻松爽快,云边啼鸟颉颃。诗意在心里,援笔而记之。

立春之后雪飞来,靓扮梨花满树开。
没有桃妖香艳色,唯因清气荡胸怀。
葡萄酒美薰颜紫,翡翠杯空映鬓白。
山水都随时序变,人生不醉不徘徊。

沁园春·有感

2010 年 2 月 11 日

站在窗前,远山淡淡,雪在消融。莺啼草树,柳带和风。春节已近,愁绪浓浓。嵩山在望,故里凝情。忧伤记忆,苦梦魂灵。感而有作,闭目吟哼。

冰润梅娇,雪淡青山,已过立春。又佳节到了,牛归己丑;年华替换,虎啸庚寅。远眺无垠,临窗有影,翠叶芳兰对玉樽。情何寄,仰长天万里,一片孤云。　　浮生几度黄昏,伴月老星稀忆故人。叹刘郎鬓苦,桃花依旧;乡关路远,梁燕难寻。欲问消息,追思踪迹,乱绪寒烟漫我心。归鸦叫,笑稀疏白发,迷眼风尘。

诉衷情·除夕（三首）

2010年2月14日

通宵鞭炮春雷，烟光璀璨，迎来新春。文举电话说乡间晨来瑞雪封门，煞是欣喜。中国的初一，西方的情人节，在同一天。给年轻人更多的情感空间，给老年人许多的伤感。

（一）

除夕竹爆动人魂。璀璨满城春。繁花夜放琼玉，火凤舞彤云。　星暗淡，气清醇，语欢欣。举杯堪忘，两鬓霜毛，一脸风尘。

（二）

窗前子夜暗销魂。己丑换庚寅。光阴衮衮流水，对镜更惊心。　双鬓老，物华新，梦留痕。阳台花好，也染烟香，更伴轻吟。

（三）

良宵一梦两年人。大地滚雷神。烟花装点桃李，万象闹新春。　风料峭，雪纷纭，故乡亲。举杯遥望，壮了桑麻，瘦了腰身。

西江月·佳节思乡（二首）

2010年2月16日

家人来电话，有乡邻病入鬼录。站在河边，满耳竹爆春雷，满眼烟花闪耀。春的气息扑面，一河冰正在消融。心有惨淡伤感，吟而记之。

（一）

今夜光摇醉酒，良宵雷动春声。人生悲喜总因情。新旧年华似梦。　　千古江山依旧，一河冰雪消融。乡关路远泪飘零。满眼烟花雾重。

（二）

辞旧迎新时刻，酸骚苦赋人生。春神笑看落梅红。烟火鱼龙雷动。　　残雪柔霞清气，弦歌美酒银觥。山遥地远故乡风。伫岸微觉露冷。

破五夜

2010 年 2 月 18 日

晚上，整个城市都像开了锅一样，此起彼伏的烟花鞭炮震耳欲聋，孩子们的欢叫声，在夜的空气里传开，万花竞放，春气融融，一钩细月在蓝天上，冰面上映着五彩斑斓。我在河边看这喧嚣的世界，故乡的愁绪就成了诗行。

硝烟雷火动苍穹，闭月含羞一玉弓。
光映冰河流幻彩，花开草树乱飞琼。
春声惊破桃夭梦，香气薰迷柳眼忪。
酒过三巡人已醉，尘空璀璨我朦胧。

沁园春·春来

2010 年 2 月 20 日

七九八九，抬头看柳，春天来了，我有春天的心情，你也享受温暖的春情，不管别人怎样看待你，不管岁月怎样消磨你，有限的生命值得珍惜。春天属于每一个人，都要珍惜人生命中的春天。如诗如缕歌吟以记之。

清润冰河，一带晶莹，点染彩霞。看天高地远，游人旅客，阳和月静，湿雾柔纱。玉宇云悠，林泉鸟语，无限乾坤命有涯。情思寄，感莺鸽影动，欲到谁家？　　东风呼唤芳华，香雪暖融融绽柳芽。见新来燕子，寻泥问路；先开桃蕊，含露凝葩。多梦渔郎，心期水碧，好教竿摇浪底花。
横美酒，笑琼杯怪我，鬓上尘沙。

春阳

2010 年 2 月 23 日

　　傍晚，一轮红日在西半天悬着，艳艳的欲滴，光华热烈地涂染着街市楼宇，清爽爽的晚风柔柔地拂在河边柳树上，春天的气息浓了。漫步湖边，咏而以诗。

似血残阳挂柳梢，岚烟缕缕绕丝条。
柔腰曼妙融融意，开眼含羞暖暖娇。
法雨神通白塔寺，拈花人过太平桥。
莺飞耳畔传春讯，谁在河边弄玉箫？

早春

2010 年 2 月 26 日

　　站在桥头，看正在融化的冰，清亮亮的河水滋润了岸唇，洇透了那些了无生机的枯草。柳丝上湿漉漉的，柳米在柳线上鼓动着。一河水东流，人生命何如。诗凝血肉而记忆也。

阳和春气盛，水暖燕泥香。
玩月良宵短，听莺喜日长。
烟花争艳紫，柳雾染娇黄。
时序翻新景，风梳鬓雪凉。

元宵节

2010 年 2 月 27 日

明天就是正月十五，元宵节前都是年，今天晚上的鞭炮更多更热烈了。人心都知道节日过了，一年春好，又一个四季开始，生命都狂欢湿润的夜，天空被烟花映得五彩缤纷。灿烂都映进诗行里。

十五元宵夜，汤圆映月圆。
烟花开火树，彩练舞婵娟。
美酒连天阙，东风送广寒。
人间多少事，醉透尽欢颜。

西江月·元宵夜雪

2010 年 2 月 28 日

元宵夜，下雪了，纷纷扬扬，在多彩的夜里，在万家欢乐的时刻，在火树银花的夜空里。软软的雪在灯火映衬下一片素雅清新。正月十五雪打灯，不知是否八月十五云遮月。天意难知，只有我的诗心自知。于是吟而记之。

满眼烟花烂漫，一天瑞雪纷纭。千门万户共温馨。柳带凝金着粉。　玉宇婵娟难会，汤圆美酒相亲。良宵梦见有情人。思断曲肠九寸。

赠二月河

2010 年 3 月 2 日

　　春天来了，人间更多的喜庆。张公庆善院长在北四环的天水怡阁二楼翠华堂设宴，为来京参加两会的二月河接风，欣喜叨陪。二哥为田将军永清政委七十寿画了一幅寿桃并有题句。众人争赏寿桃并题诗。皆大欢喜也。归来心意融融，乃吟而记之。

　　又是京城两会开，春风送我二哥来。
　　倾翻酿玉流霞酒，搅动亲朋胜友怀。
　　胸壑充盈山水韵，洪声响彻建言台。
　　中原俊彩飞文翰，嵩岳高华展大才。

春兴

2010 年 3 月 4 日

　　木樨桥头，一河冰一夜之间春水融融了。透明涌动的河水映着天光楼宇，春风抚摸着软软的清波，让人心里有柔柔的春意感动着。春兴也成了诗行。

　　一河春水暖冰开，缕缕风情感我怀。
　　欲吻梅心残雪尽，羞临波镜鬓毛衰。
　　盈盈柳孕娇柔米，淡淡桃滋嫩蕊胎。
　　几句诗骚难写意，何如醉酒梦蓬莱。

惊蛰

2010年3月6日

庚寅年一月二十一惊蛰。风仍料峭，雪正消融，水已清碧。岸上欢歌更盛，游人更多。春天来了，万象复苏。造化无私，冷暖有情。春情催动人间世事，诗意翻成散乱吟哼。

窗前曙色暖微微，雪尽惊蛰美梦归。
春水悠思邀钓手，桃花急欲送寒梅。
人情世故多无奈，物理因缘莫细推。
酒后扶栏招燕子，篱边松土种蔷薇。

西江月·春雪

2010年3月8日

早上起来，窗外一片白，一夜的雪，让萌春的草树蒙上一层素装，像早春的梨花满眼。手机上发来北京市政府要求人们上街扫雪铲雪的信息，是为人们出行方便。是丰年瑞象，欣万物晶莹。芝兰开冻蕊，芳草润冰清。远处烟光冉冉，眼前玉屑融融。于是歌咏而记之。

雪瑞谐和人瑞，凌花变幻梨花。春娇风嫩舞柔纱。一夜扬扬洒洒。　　烟霭氤氲草树，琼浆滋润桑麻。新来紫燕到谁家？笑语倾翻玉斝。

早春

2010年3月11日

春天正在来临。我走在春天的街市上,心里却惶惶不知所以,一缕孤独的寒意缠绵着我。心悠故里,涌动乡愁。兄弟天隔,各自泥牛。在这春天的清冷里,苦吟记我情思也。

寒尽冰开见草芽,柔风酥软雾蒙纱。
云中穿过一双燕,水上浮来几对鸭。
游目烟岚生锦绣,遥思故里种桑麻。
高朋贻我茅台酒,醉眼凭窗看杏花。

西江月·雪

2010年3月14日

窗外的雪纷纷扬扬。一河绿带,两岸冰霜。琼花万树,成对鸳鸯。满眼银装玉屑,寒烟入我愁肠。多少人生无奈,都成散乱诗行。

昨夜风寒雪冷,今晨玉树琼花。乡愁如缕到天涯。心有酸甜苦辣。　　碧水约来钓者,春神笑问诗家:而今谁个爱清茶,只有钱官无价。

双鸟

2010 年 3 月 16 日

　　站在河边，春水融融，一双鸟鸟在中科院绿色的楼头上欢舞盘旋，它们张开的翅膀几乎连在一起，在蓝色的涂着晚霞的空中旋出许多优美的图案。那是天籁的春情在展示吗？它们的悠闲和自由，比人间更多更美，比诗的韵味更深更浓。

　　一双鸟鸟嬉楼头，春暖阳和万象柔。
　　旋舞真如风里醉，欢歌疑是恋时讴。
　　浓浓霞彩涂情爱，漫漫长天写好逑。
　　可笑尘间双脚兽，谁能与尔比绸缪？

春燕

2010 年 3 月 20 日

　　为李二燕大姐六十大寿作。她是老革命的后代，却从无骄矜之态，一心为工作，为集体，为事业，为他人，为家庭，唯独没有她自己，从不计名利得失，深得同仁赞赏。

　　春风沐浴大河魂，雨露香泽嵩岳亲。
　　梁上一窠不厌旧，窗前二燕总维新。
　　衔泥喜见桃花蕊，穿柳惊来友善邻。
　　淑气阳和生妙性，佛泉水润好清心。

春日有怀

2010年3月22日

　　站在中华诗词学会九层楼窗前，外面是浑浊的灰土暗黄色的云雾弥漫，晴日却不见阳光。只有窗台的兰草湿润着，张开的花蕊凝着露珠晶莹。尘世的阴霾不能散尽，心中的春意可要奔腾。污浊和喧嚣都要融进诗意里。

　　　　风自河唇暖，春随紫燕归。
　　　　骚情摇绿树，逸韵恋红梅。
　　　　雨沐香兰醉，霞柔玉露晖。
　　　　踏青人无数，把酒我和谁？

春来

2010年3月23日

　　春风吹得路边草丛里迎春枝头点点花苞，报道着春天的喜讯。春水波纹，柔柔缠绵着流淌。一对鸭在水面上悠悠，垂翁静静坐在岸边，让春水的柔波融进心里，也在垂竿的默默中忘记尘事的喧嚣。诗行在我的心里流动，乃援笔以记之。

　　　　春情湿润荡寒尘，吻破桃枝玉蕊唇。
　　　　钓饵如饴亲碧水，莺啼似诉伴瑶琴。
　　　　娇梅蒂已风前老，枯柳丝从雨后新。
　　　　造化无私织胜景，人间最美是诗心。

望春

2010 年 3 月 27 日

天晴朗，一河翠绿色的波莹莹，远看草坪蒙了浅绿的雾，路边的玉兰毛绒绒的花苞鼓涨，有一朵裂开棕黄色苞壳，露出粉艳艳的一点，春天的气息从枝头上弥漫开来，让人观之心动，诗的情味更柔软。

窗前万象倍清新，晓露烟霞未染尘。
春水一波一浪漫，鹃歌一曲一销魂。
桃红何厌诗情老，草绿犹怀翰墨亲。
造化轮回时序改，痴心翻卷欲长吟。

春雨紫玉兰

2010 年 3 月 30 日

春雨绵绵，湿润着路边的春草。门前紫玉兰绽开红唇，欣喜地欢呼春雨的滋润。一天好雨，万朵新花。无边芳草，万里桑麻。诗情漫溢，飞到天涯。

兰花春雨绽娇唇，雾露胭脂点点新。
紫燕争来观艳色，黄莺惊喜唤游人。
丹青欲绘堪留韵，翰墨抒情不算贫。
四季芳荣君莫信，一生灿烂太天真。

鹧鸪天·上坟

2010 年 4 月 2 日

回到家乡，为老母上坟。榆麦正秀，绿野阳春。花明水碧，天远云深。呼我老母，几多愧悔；思念萦怀，泪落伤心。惭颜叩首，祭我亲人。

每到清明心更愁，青青原野跪荒丘。怀思老母粗茶饭，愧望营斋玉馔馐。　　人已去，我常忧，今生孝敬再难酬。家乡路远亲情厚，苦泪从春流到秋。

回乡感怀

2010 年 4 月 4 日

站在家乡的原野上，无边的麦田像绿色的海，记忆中的父老长眠在这麦田地下，他们的骨魂肥沃了这片土地。有一天，我会衰老得再也无法回到这里，眼前的庄稼草树都成为烟云。

春风拂麦秀，柳绿菜花黄。
薄暮云霞暖，繁星夜露凉。
倾杯思故里，把手话沧桑。
紫燕营新垒，香泥暖旧梁。

清明

2010年4月5日

踏青的人们来到园中,伴着欢乐的乐舞,享受春天的祥和。傍晚下起细雨,绿水岸柳在清风中融融。眼前的春色人享受,无尽的伤心我自知。故里的桑榆都入梦,心中的热泪变成诗。乃吟成一绝。

年年伤感过清明,春水桃花和泪红。
榆柳浮烟蒙细雨,营斋营奠忆亲情。

春

2010年4月7日

昨夜的细雨湿润了万物,长河两岸的杨柳梢上已镶满黄蕾,远望如鲜嫩的薄纱,几只鸭在水面上悠悠,杏花桃花都开了,满眼生机春意凝入诗行。

昨夜仙娥展绿裙,芳晨柳雾染烟云。
多情桃李花容嫩,闲逸游人舞步新。
水上青鸭随浪戏,河唇紫燕对泥亲。
无声法雨如甘露,洗我浮华尘世心。

二月

2010 年 4 月 10 日

窗外一河琉璃,嫩绿柳雾烟色缥缈,如织游人漫步园中。楼头祥鸟歌唱,岸上草绿绒绒。想起"二月春风似剪刀"的诗句,乃哼成一律。

二月风柔水不凉,芳华满眼沐韶光,
穿云燕子红裙短,坐岸渔翁钓趣长。
弱柳丝丝芽绽嫩,妖桃朵朵露含香。
人生莫愿青春苦,盛世应思老鬓狂。

好雨

2010 年 4 月 11 日

春雨酥酥,满园湿润。看见芳草在雨中蒙绿,听见嫩笋在林里拔节,天籁歌吟盈耳,琴声舞韵凝胸。春雨搅动着春情,我享受着春天的爱恋和生机。感而有记。

好雨油油爱煞人,芳园榆柳玉兰新。
绿芽翡翠含烟喜,紫蕊胭脂带露亲。
蝶舞追寻芳草地,斜晖涂染老鹌鹑。
青竹笋嫩思笛韵,乌鸟痴情也恋春。

春天

2010 年 4 月 14 日

春风满眼，河岸的柳蒙着柔黄的雾，像美丽的纱裙飘舞，胭脂一样的玉兰花开了，引来云中的鸟们歌唱。浅草像铺了嫩绿色的毯子，一群麻雀在草毯上叽喳觅食。我在春天享受造化的赐予，悠闲变成诗句。

风玩弱柳翠裙柔，春色含香草露油。
雨是巫山神女泪，云舒故里父兄愁。
家乡月满情无限，窗外人多水自流。
造化随缘翻盛景，虫鱼和我共欢忧。

春暖

2010 年 4 月 17 日

莺朋啼老树，燕语落春池。玉兰花在柔风中绽放，草坪里几株榆叶梅缀满红艳艳的花骨朵，星星点点闪耀着娇艳。春天的气息扑进我的胸怀，春情春意都在心里温暖着。飞花着意，万朵香悠蝶梦；浊酒多情，千杯醉了相思。湘女流斑竹之泪，朝云有苏轼之思。都是春天的诗意，乃有感吟成。

一团暖玉卧心头，霞彩香风碧水流。
醉眼朦胧方顾盼，兰花蕊动忆温柔。
新梅点点猩红色，老柳丝丝嫩绿油。
钟磬声悠白塔寺，娇莺啼破海关楼。

喜雨

2010 年 4 月 19 日

　　昨夜的雨下到今晨。细雨滋润着繁花草树。爽嫩的气息透到心里，雨中玉兰玉白艳紫的花蕊在甜润的雨中绽放，嫩草在雨中萌生，让人感动春的生机和勃发。有感而记。

　　新莺呼胜友，弱柳曳芳襟。
　　春水波心荡，香泥燕语亲。
　　知音应共赏，惬意可独吟。
　　喜雨湿良夜，娇兰带露馨。

紫玉兰

2010 年 4 月 22 日

　　早上的雨湿润朦胧，雨露滋酥绽开的紫玉兰，花朵凝脂绚彩，娇嫩凝脂。满树芳华红云紫气，艳艳的令人欣喜。一双喜鹊，枝上欢歌。成群草雀，树下切磋。吟成一律，诗意情多。

　　兰花缀露沐朝阳，唇绽胭脂泄蕊香。
　　燕子瞧其裙太紫，莺娘妒而羽偏黄。
　　唯君韵致出尘外，惹我凝观在道旁。
　　妙品多因清气盛，谁说艳色是轻狂？

题抚宁天马山

2010 年 4 月 25 日

抚宁天马山险峻雄奇,状如天马,是北国胜景。山峦秀美,绿野无边。游观起兴,吟而记之。

昆仑奋鬣御雄风,天马飞来驻抚宁。
骏骨崚嶒堆峭壁,鬃毛乱卷化青松。
苍穹大海千年碧,霞彩长城万古红。
穆满黄竹犹在耳,霜蹄汗血忆征程。

【注】
周穆王姬姓名满,因称周天子穆王为"穆满",《文选·王融〈三月三日曲水诗序〉》:"穆满八骏,如舞瑶水之阴。"

西江月·有感

2010 年 4 月 28 日

门外的绿玉兰,娇绿色的嫩嫩。正是草长莺飞的季节,河岸的桃花如燃,生长的春天令人心情温暖而祥和。歌吟而记之。

水暖鱼亲钓饵,天高我笑莺翩。春柔草树也情多,绿了千山万壑。　　身染桃烟柳雾,心清月润阳和。不忧不虑又如何?恰是尘间旅客。

春老

2010 年 4 月 30 日

春天老了，桃花也老了，细雨淋湿芳草，清风杨柳蒙绿。吾生也在老去，情泪飞回故地，云中一声杜宇，心生千头万绪。

春老桃花落蕊香，诗朋结伴到渔阳。
疏狂汗漫胸中墨，几忘风尘鬓里霜。
明月含情归客路，残星滴泪故人窗。
高贤赠我千杯酒，便做豪雄入梦乡。

节日

2010 年 5 月 2 日

玉渊潭里游人如织。樱花浓艳如云霞，郁郁的清香弥漫。一湖水也染透了香气，岸上人歌人舞，都与花的季节融在一起。烟波缥缈，绕情人之步；鼓乐喧腾，弹琴瑟之诗。有歌。

樱花雨雾草青青，沐浴深红带浅红。
舞步摇裙烟柳下，莺歌流韵管弦中。
诗成雅颂才三首，酒尽茅台又一瓶。
晴日韶光皆瑞象，繁华满眼赖春风。

雨后

2010 年 5 月 5 日

　　昨天一场雨，风更清柔。漫步园中，芳花艳艳；歌吟柳下，醉乐悠悠。芳草绿而浓烈，芝兰秀而娇柔。游客闲而放荡；迁莺啼而啁啾。于是轻吟踱步，悄悄浅唱轻讴也。

　　　　春雨春风春水明，清香弥漫老梧桐。
　　　　倾听月露滴双眼，细数星辰到五更。
　　　　池里新蛙初振鼓，梁间乳燕第一声。
　　　　歌音颤颤侵人梦，琴韵柔柔我动情。

母亲节

2010 年 5 月 9 日

　　今天是母亲节。窗外的风很大，翻卷着河边的柳带。想起远去的老母，几多伤感，无尽乡愁。人生苦短，母爱长留。春晖难报，使我心忧。乃吟诗以记我伤感。

　　　　无边慈海老娘亲，愧我赧颜充后昆。
　　　　夜月从来多玉露，朝晖有限恋黄昏。
　　　　青春对酒思云汉，白发吟诗叹旅尘。
　　　　空自悲愁家太远，不知相送是何人。

雨后之晨

2010 年 5 月 15 日

昨夜一场小雨,晨来满眼清新。钓鱼台西墙外一片槐树林花香浓郁。树下是紫艳的二月兰,几只鹌鹑在花丛里悠闲地寻觅。轻柔淡蓝的纱雾在生机勃发的园林里飘渺,草树缠绵都蒙霞彩,人在繁花绿润里,身心都陶醉悠闲。漫步吟成以记。

花凝玉露柳含烟,嫩夏高天雨后蓝。
水上鸳鸯双翅暖,云中杜宇一声寒。
谁来湖岸弹瑶瑟,我在芳园看牡丹。
空色流光非幻影,尘沙沐浴也通禅。

鹧鸪天·雨后晴月

2010 年 5 月 17 日

雨后的霞彩令人神往,北海的湖波涂上斑斓,白塔也浓红壮观耸立。想起湖畔的雾柳烟花,淡月稀星,心驰神往。有感而记。

雨后长天绘彩云,白头漫步赏黄昏。永安桥畔花千树,太液池中月满盆。　　芳草路,系空门,一层烟雾一层春。幽林莺语知何意?笑我浮华梦里人。

窗前

2010 年 5 月 20 日

晚八点，突然看见窗上半块月明亮亮悬在蓝汪汪的天上。从九层楼往下看，街市仍然喧嚣，白塔在灯火朦胧中，心有不可名状的无奈。有感而记。

一窗白塔磬声稀，半月清光我自知。
人涌尘嚣求势利，车飞龙马赶时机。
风柔纸上周秦墨，雨润杯中汉魏诗。
远眺香山霞已尽，檐间归燕两三只。

晨游

2010 年 5 月 23 日

早上到玉渊潭散步，清凉的风中，人影绰约，晨鸟在林间歌唱，乐声里有悠闲的人们漫舞。几多渔郎静静在水边，许多鲜活的心都在这图画里跳跃欢腾。有感吟成。

踏月游园草露亲，娇花夜放更芳馨。
枝头爱恋谈情鸟，树下悠闲跳舞人。
饵钓长竿悬碧水，裙飞小路荡香尘。
曦和霞彩生绝妙，我在湖边看晚春。

为诗词盛会作

2010年5月27日

初夏的雨沐浴着京城，清凉的风吹到心里。来自全国各地的近三百诗家骚客将要欢聚在一起，共商推动中华诗词事业进步发展。为之感慨，乃哼诗以记之。

夏雨和风沐北京，天蓝水润映荷红。
芳园铁板声尤壮，柳岸铜琶味正浓。
万代人文堪雅颂，八千岁月铸诗情。
长歌飞动青山远，霁色烟霞景不同。

沁园春·无月

2010年5月28日

农历十五，天阴无月，能感到月的光明和清凉。窗上的玫瑰仍然艳丽，花朵上的蝉仍然静静，牵牛花细瘦的藤蔓仍然向上攀援。湿润的云团缠绵着细雨，有清香在风中飘柔。诗意的夜有月的诗情以记。

闭月云中，弱柳丝裙，蕊动雨香。望天涯绿雾，莺啼燕叫，湖河浅浪，花瘦藤长。含意清风，和烟腻露，杜宇声声欲断肠。谁与共，唱乡关万里，把酒凭窗。　　诗情韵致年光。叹白发骚人楚士狂。寄尘身盛世，冰心青眼，痴顽翰墨，牙板皮黄。司马琴怀，文君胆魄，一寸心约碧玉觞。醉透了，笑阴晴圆缺，与我何妨？

蟹岛

2010 年 5 月 31 日

为中华诗词学会第三次全国会员代表大会作。

三百诗家蟹岛来，风骚流韵荡胸怀。
慈云心系经纶手，淑雨情催翰墨才。
雾露凝珠织舜锦，烟霞满袖舞尧台。
持螯戛玉惊浮碧，把手呼朋举大白。

有感

2010 年 6 月 1 日

全国近三百诗家词友欢聚一堂，共商繁荣中华诗词大计，是近百年来传统诗词文化在新时期复苏发展的盛事。有感而记。

诗朋词侣聚京门，水绿山青意趣深。
露润霞飞皆焕彩，花鲜树郁倍芳馨。
铁弦调寄周秦韵，檀板声含汉魏魂。
遥望环球八万里，一声平仄是华人。

有怀

2010 年 6 月 3 日

漫步在芳华林荫里,花香满路,歌吟悠悠,斑斓的湖水里有天光云影,无限乾坤都在胸中,有限人生令人感慨。沉浸在无边的思绪里,造化的春夏来去匆匆,人生的春天一去不返。感而有记。

昨夜芳春拜盛京,涂红染翠散香浓。
花容雨后还滴泪,草色风来就泛青。
尘世朝阳人有幸,良辰醉月鸟多情。
一沙迷眼思荣谢,万象凝怀养性灵。

游兴

2010 年 6 月 6 日

到玉渊潭散步,湖边聚集了许多人在尽情欢歌。草树葱茏,繁花凝彩,欢乐的歌声和宁静的钓竿都在一团幸福和谐的图画里。家国有幸是诗人之幸,乃诗以记之。

一湖霞彩染波澜,玛瑙琉璃翡翠盘。
舞步飞旋榆柳暗,情歌绵软燕莺惭。
耕田耘叟多锄艺,坐岸渔郎有钓竿。
何处春风花最好,京城人到玉渊潭。

有感

2010 年 6 月 9 日

　　站在玉渊潭湖边，风清凉爽，人影在水边朦胧绰约，人生百味在心里酝酿。尘世间的苦难酸涩伴着我的脚步向着生命的终点前行。山河永在，我辈匆匆。乡愁如梦，都是柔情。白头对镜，可笑诗翁，故诗。

　　世事波澜浪打头，尘风过耳鬓边柔。
　　云中杜宇声声苦，雨后兰花朵朵愁。
　　月色一湖谁做伴，楼台万座客难留。
　　诗书已共流年老，我愿从春写到秋。

晨风

2010 年 6 月 12 日

　　早上的天清爽，云絮悠悠。走在河边，心旷神怡。有人生的感动在心里，有尘嚣的烦乱在心里。吟成以记。

　　晨风拂弄柳青青，雾露缠绵月季红。
　　杜宇歌飞霞彩里，黄莺调寄绿林中。
　　车流尘浪心头满，水荡明波眼底空。
　　岸上悠悠多伴侣，河边静静一渔翁。

端阳有怀

2010 年 6 月 16 日

农历五月初五,端阳节。端阳节有许多说法,其中最广泛的是纪念诗人屈原,也是国人最看重的意义。屈原是个悲剧人物,因为爱国,因为无望而投汨罗江而死,这种爱国主义价值取向千百年来感动着人民。千古端阳,有无穷的诗意留在人间。

端阳把酒诵离骚,满腹悲愁起大潮。
万古江流凝苦泪,千年楚韵谱兰桡。
诗人气宇应浪漫,国士英魂总寂寥。
水映祥云浮紫气,情随文翰上重霄。

半月

2010 年 6 月 19 日

晚上,湖边静静,半块月在柳梢头幽幽。望着月的清明,听枝头眠鸟的梦呓叽叽。林里琴声幽幽,在安详的夜里润开来。有诗的韵律在心中流淌。吟而成句。

仰首蓝天半月痕,临窗把酒欲销魂。
婵娟凉夜思情远,玉兔冰怀苦梦真。
瑶瑟声悠抒雅韵,美人袖舞动乾坤。
圆缺都是因缘定,照见非空非色心。

荷花

2010年6月20日

玉渊潭一片荷花艳艳，一双鸭在花下悠悠。蜻蜓芳蝶在花尖上漫舞，游人在岸上优游。翠盖凝珠，绿融融而莹玉；红苞溢露，香淡淡而含羞。冰肌出自泥淖，粉靥窃喜清幽。洛水曹植之赋，西湖苏轼之讴。都成浓浓诗意，入我昏老之情眸也。

玉渊潭里赏荷花，蕊绽娇容碧玉纱。
墨绿林中飞乐舞，琉璃水上荡流霞。
风临案举千杯酒，笑看波浮一对鸭。
游目骋怀生美意，多情无奈鬓霜滑。

月

2010年6月23日

晚上的河边有清清的风，高天的月渐圆，几只风筝带着闪闪的彩灯飘在幽幽的夜空里。朦胧的柳带在河水映衬下轻轻摇摆着。有一团莫名的思绪在胸中，凝成诗句。

蓝天月似羿妃羞，灵药偏成万古愁。
临镜双人嗟幻梦，倾杯独自叹高楼。
花含夜露思远客，柳带薰风忆旧游。
银汉清空星有泪，云心无绪抹白头。

吾侪愧对两佛陀

2010 年 6 月 26 日

诗家陈廷佑先生有《看爹娘遗像》诗曰：爹娘是我眼中佛，朝霭春晖报未多。千里烧香寻古庙，何如敬此两佛陀！击节吟诵，感动有加，乃步其诗韵而歌之。

人生常忆故乡河，父母慈悲苦梦多。
客路迢迢难尽孝，吾侪愧对两佛陀。

感怀

2010 年 6 月 28 日

幽幽的夜，湖边的竹林在微风里絮语。月在云中时而露出一片光明。在墨绿色的柳荫里望一河水远去，想到了家乡的小河。有诗情在胸中涌动。

千里幽怀到故乡，流光涂抹鬓丝凉。
风柔竹影人堪醉，月照窗台酒不香。
无寐开灯读李杜，多情临砚效苏黄。
浮生四季何其短，几个高怀似孟尝。

七一雨霁

2010 年 7 月 1 日

　　傍晚的霞彩满天绚丽，雨后的湿润和清爽非常惬意。小船划过绿浪，留下一片欢歌。这个节日的清新也令人感动，乃记以诗行。

　　雨霁霞开万里红，鲜花草树画图明。
　　轻歌羞煞云飞鸟，漫舞柔成柳带风。
　　怀抱昆仑心已静，人逢盛世乐无穷。
　　推窗一片沧浪水，三两儿童看钓翁。

夏日玉兰开

2010 年 7 月 3 日

　　听到云中一声杜宇，驻足凝听，一抬头，看见楼前的玉兰树在这炎炎夏日里盛开着紫艳艳的花朵，煞是动人心弦。紫玉兰花得地气之恩，年年两度开放。盛造化的神奇和赐予，为之记以诗情。

　　忽见兰花夏日红，光凝玉影惹诗情。
　　幽怀漫溢云边月，喜泪朦胧鬓里星。
　　歌动莺魂一夜雨，裙飞柳韵满园风。
　　君弹瑶瑟能无酒？醉我尘心在梦中。

夏日

2010 年 7 月 6 日

　　火一样的酷热，一河水却浓绿，一个紫铜皮肤的渔翁坐在河边，那灼人的热浪在他身边滚动，他却悠然地啜着香烟，眯起双眼，静静凝望碧波流淌。他的心中一定有一片清凉。

　　万里骄阳吐火云，喧天热浪卷狂尘。
　　清凉道法悲情浅，酷烈烘炉罪孽深。
　　紫燕楼前说盛夏，鸳鸯水面忆芳春。
　　心思圆满高天月，谁是拈花微笑人。

雨中玉兰

2010 年 7 月 9 日

　　门外玉兰树上的花朵被风雨欺落地上，草坪上点点猩红，也煞是好看。想起龚自珍"落红不是无情物，化作春泥更护花"的诗句，也有诗情在心里涌动。

　　风雨摧残紫玉兰，胭脂泪落草坪鲜。
　　天公也妒娇花好，泥淖翻求粉黛妍。
　　翡翠留枝归鸟恋，香魂入地惹人怜。
　　悲愁无计思荣谢，枯鬓霜欺忆岁年。

诱饵

2010 年 7 月 11 日

　　清清河水边，几根钓竿静静，渔人坐岸静静，不时有鱼竿挑起来，小鱼在鱼钩上挣扎，引来几个钓者开心大笑。堪怜贪饵鱼，也有诗情以记。

　　　　渔翁静静钓竿轻，诱饵悠悠入水中。
　　　　杨柳烟浓浮晚照，歌弦韵厚送微风。
　　　　层层碧浪明如锦，细细银钩冷似冰。
　　　　大笑濯足真有味，堪怜烹煮太无情。

绿水

2010 年 7 月 14 日

　　在河边散步，望一河绿水悠悠，万千景象映入水中。其实尘生就像这东流水一样，永无止境，似有实无，万象归于虚无。人生一瞬间，不过电光清露。感而记之也。

　　　　一河绿水向东流，倒映千家万户楼。
　　　　天上云烟涵雨露，尘间日月数春秋。
　　　　蝶蛱幸是逍遥舞，物我权归莽撞游。
　　　　惭愧生非陶谢手，翻书摘句写乡愁。

玉渊潭蝉歌

2010 年 7 月 17 日

闷热的天气,蝉在湖岸柳梢上嘶鸣,和着园里的歌声悠悠。"玄鬓"招人爱恋,呜咽使我添愁。听琴声而踱步,踏节奏而轻讴。

斜阳柳蔓卧青蝉,晚唱薰风绣紫烟。
呼唤钢筋楼上客,闲悠请到玉渊潭。

夏日游园

2010 年 7 月 18 日

玉渊潭散步,湖边有徐徐的风。在阳光里,在绿荫下,我心悠悠。我知道我在老去,有一天我再也无法来到这明澈的湖水边,世间的一切对我成为空无。我愿轻松地享受这世间的清风明月,也幸运身临盛世而为之歌呼也。

夏日游园意趣浓,纤云笑我二毛翁。
狂歌荡漾英雄气,烟柳吹拂玉女风。
莲叶蜻蜓裙下舞,芳蝶锦瑟耳边听。
诗情溢满三杯酒,窃喜衰颜短暂红。

感怀

2010 年 7 月 21 日

我站在钓鱼台河边望一河碧水远去，长天云絮飞来眼底，人世沧桑都涌胸中。有感而记之。

碧水翻波漫钓台，苍鹰振翅扫阴霾。
云帆影动衔杯倒，日月梭飞过眼来。
雨浪风涛激剑胆，长天大地共琴怀。
何人能醉蓬莱酒，坐岸逍遥也壮哉。

诉衷情·夜月

2010 年 7 月 23 日

木樨地河边，一块月就要圆了，有清辉在蓝的天穹里，月光在水面上荡漾悠悠。凭栏思故里，心底有乡愁。乃歌而记之。

一盘月色露微凉，玉树影临窗。竹摇枝上莺梦，星落水流长。　　烟霭重，意徊徨，酒醇香。琴声呜咽，绪乱伤怀，鬓老思乡。

有感

2010 年 7 月 25 日

　　溶溶月照在河上，两岸的草树浓浓。喧嚣的城市没有安静，无数的人心都在酷热的浮躁里翻滚着。一河斑斓，月在中天，令人感动的月亮，是诗意的情种，乃随感而记，不计工拙也。

　　流光水月误尘心，谁见环球万里春。
　　官场从来分上下，人生无奈对浮沉。
　　家传孝道方为富，胸贮诗书不算贫。
　　雅士痴情多捧日，白头有寄也长吟。

北海荷花（二首）

2010 年 7 月 26 日

　　北海南湖里的荷花盛开，清香在夜的湖面上浮动，不时有鱼儿从水中跃起，溅起一片涟漪。今天是十五，月在云中，琼华岛上的鸟不时在树丛里啁啾。荷花的淳美令人感动。归来无寐，吟成二律以记。

（一）

　　芙蓉花好倍芳馨，北海莲池碧水深。
　　法雨酥酥滋妙性，梵音袅袅洗俗尘。
　　莺歌莫笑诗人老，夜月常怀草露亲。
　　沐浴琼华清静地，虽无剑胆有琴心。

(二)

琼华岛外荡佛音,万朵莲开不染尘。
蝶赖花心求蜜吻,鱼游叶底献殷勤。
芳华入眼痴情美,造化凝怀妙性真。
水月清光堪啸咏,非空非色解迷津。

地震反思

2010 年 7 月 28 日

今天是唐山大地震三十四周年。人类应该怨恨自然吗?自然从来没有怨恨过人类,它按照固有的规律运转着。人类应该反思自己的狂妄,万古以来,与自然对抗往往会遭到自然的报复。

坤轴摇动显灵威,厄难无情乱世悲。
苦海皆因双脚兽,青山不幸万劫灰。
福田有色难相遇,觉岸非空亦可追。
道法根由天注定,慈航隔岸梦依皈。

河岸

2010 年 7 月 31 日

夜的河边风爽宜人,有柔柔的琴声从水面上荡开来,歌音在心头颤颤。有许多感动在胸中酝酿。吟而记之。

灯幽风软酒香醇,琴瑟柔酥万缕魂。
岸上花丛飞紫鹊,窗前绿水跃红鳞。
星云摇晃藤萝影,莺燕偷窥寂寞人。
好梦留痕成苦恨,高天无月也清心。

八一节有怀

2010 年 8 月 1 日

阅读列国掠夺南海资源、侵占我海洋国土有关资料,有怀而记。

峥嵘军旅动诗情,卅载拼搏细柳营。
未见沙场星月暗,常觉草树彩霞明。
难得世事存清净,谁为家国保太平。
南海涛声岂是梦,后庭花韵不堪听。

雨后

2010 年 8 月 4 日

傍晚雨停了，半天霞彩涂染。水更清，草更绿，风更爽。许多人生的感动也在雨后清新而荡漾，乃以诗记以情怀也。

山河雨后瑞烟浓，霞彩涂成碧水红。
草树莺飞争爽籁，楼台歌动颂国风。
阴晴雾缕丝丝静，聚散云花淡淡空。
灿烂夕阳织晚景，蓬莱仙境梦浮生。

立秋有怀

2010 年 8 月 7 日

立秋，依然千山竞秀，万木葱茏。水清明而起浪，花未老而薰风。燕思昆而唤友，蝉留恋而嘶鸣。人生到此，命运匆匆而有憾；造化轮回，春秋代序以多情。有登楼之赋颂，无宋玉之悲声。乃吟咏而记怀也。

风爽天蓝到立秋，香山远眺影清幽。
玉渊潭碧芙蓉老，世纪坛高紫燕愁。
芳草金菊留客路，白云黄鹤在中州。
多情歌舞连琴瑟，笑看凌波戏水鸥。

八月八有怀

2010年8月8日

奥运是家国强盛之举,体坛是争魁折桂之场。北京奥运两周年,开幕日的欢悦,至今难忘;比赛中的呐喊,依旧铿锵。意韵深深在眼,恰似匆匆绮梦;拼搏浩浩凝怀,仿佛再颂华章。痴命欣逢之幸,留下许多美好;家国豪迈之情,都成烂漫诗行。

　　常忆前年此日情,欢歌劲舞动京城。
　　鱼从水底翻红浪,鸟在巢中戏玉龙。
　　芳草亲人花带雨,春莺蜜意柳柔风。
　　诗魂一缕家国事,翰梦疏狂入画屏。

赠明成禅师

2010年8月10日

南海禅师明成法师重建南海禅寺,已成规模,颇具影响。法师今年已经八十岁。人生一世,有此业绩,身名俱可千秋。感其精神,涂成一律,请张峻峰先生呈上。

　　南海禅林玉磬声,清风邀我拜明成。
　　脱尘意念青莲界,燃指心书贝叶经。
　　感应浮荣真幻影,回眸利欲大樊笼。
　　身皈故土三摩地,倒驾慈航万里风。

平月茶楼赠廷佑

2010 年 8 月 13 日

廷佑兄约几位朋友在平月茶楼小聚。聊诗词文化，聊廷佑的人格才华，欢畅淋漓，尽兴而归，有感而记，赠廷佑一哂。

廷佑约来平月楼，香茶美酒润心头。
诗情总蘸胸中血，墨韵无关鬓上秋。
铁板铜琶惊四座，高山流水解千愁。
人生恨是相逢少，共醉坦洋一壮游。

【注】
坦洋：茶乡。平月公司的茶产自坦洋。

悼舟曲之难

2010 年 8 月 15 日

今天是全国哀悼日，为甘肃舟曲县的大灾难。悲情在心，化作歌诗以记。

悲来心底泪双流，遥望舟曲万里愁。
地母慈怀谁动问，天公善念我难求。
一方兄弟魂归处，四海亲朋爱不休。
陇上桃源何处去，来年秦岭看扬州。

七夕

2010 年 8 月 16 日

嫩秋傍晚的风爽宜人，走在高楼林立的金融街，抬头看一牙月痕淡淡，挂在金钱堆砌的楼头上。喧嚣浮躁充盈尘世间，不知有多少情人在这个七夕的夜晚欢乐和惆怅。

八千里外望佳人，玉露滴湿两地心。
河汉无垠悲镜破，良宵有伴喜情亲。
合欢此夜瑶池浅，独恨经年苦梦深。
尘世秋来花萼老，廊桥暗渡月黄昏。

西江月·难老泉声

2010 年 8 月 18 日

山西诗词学会会刊《南老泉声》是当代中华传统诗词刊物中的重要阵地，1985 年创刊，二十年泉流清澈，歌声悠扬。恰是届满百期，可喜可贺。三晋大地凝结着中华民族的根脉文化，诗声不老，泉流不断。涂抹西江月一首，聊表贺意。

万古泉声难老，齐年虞柏常青。一泓碧水映长空。写满周秦唐宋。　　悬瓮山前胜景，中华文脉诗经。温柔敦厚著国风。三晋歌飞雅颂。

嫩秋

2010年8月20日

晚上的河边有湿润的风,蟋蟀在草丛里叽叽,有秋的伤感袭上心头。云中的月时隐时现,斑驳的光落在草坪里。是人生秋意的诗行在心里涌动。

长河两岸绿林深,月照冰怀如意心。
柳色风梳云散淡,莲花韵写水香醇。
谁求无量菩提树,我是随缘散淡人。
闲坐冥思堪解闷,观书悦性好脱尘。

夜荷花

2010年8月24日

恰是十五,湖中的月圆圆。荷花在月下开放,秋风中弥漫着清香。游人仍然很多,都在这如梦如幻的夜色里,悠闲着温馨。有悠悠的琴声飘过来,柔软令人感动。乃诗而记之。

出水芙蓉爱煞人,一湖清气倍温馨。
裙翻珠润繁星远,影动波明满月亲。
桥畔逡巡思故旧,栏边浩叹忆芳春。
尘身难渡青莲界,愿海情殷本妙心。

西江月·十六月圆

2010年8月25日

十五月亮十六圆。今天的月更圆更美。秋风嫩润清爽,有春天的情愫弥漫,让我的心里充满感动。

昨夜飘来细雨,梢头忽见鸰鹈。玉渊潭里雾蒙蒙。恰似蓬莱烟景。　　一寸尘心变老,三分春色还青。凭栏笑看柳条风。草露无声无影。

祭母

2010年8月27日

父母坟茔,花草葱茏。禾稼满眼,水嫩云平。营斋营奠,泣不成声。天丧考妣,痛我心灵。寒馐难敬,竹爆长空。人生无奈,死不复生。涂成一律,寄我亲情。

千里中州系我情,秋风沃野水云平。
卅年雨沐柴门老,几缕烟柔墓草青。
父母难求肴馔厚,儿孙有愧纸钱空。
人神聚散原非梦,日月阴晴总不同。

回乡

2010 年 8 月 29 日

乡愁是我永远的痛,乡愁是我难忘的情,乡愁是血写的记忆,乡愁是一缕苦味的风。有感而记。

霞彩临窗作画屏,飞车送我故乡行。
千重云落川原静,万座山浮雾霭轻。
酒热心弦声颤动,纹梳鬓雪泪星零。
相约月下歌旋舞,无奈门前路不平。

鹧鸪天·九月

2010 年 9 月 1 日

一河绿水,荡漾欢欣。菊香浓郁,歌舞醉人。丝竹弦管,缠绕芳林。烟霞有爱,沐浴尘身。几多感慨,记而存真。

九月风舒碧水明,残红老绿暮云平。烟岚有味亲飞鸟,淡月柔光恋夜莺。　波已醉,露才凝,朦胧舞步伴娉婷。笙歌弦管都一梦,鬓里霜银万点星。

秋蝉吟

2010 年 9 月 2 日

秋风清爽,万象宜人。长河悠悠远去,菊香淡淡舒心。柳梢头蝉鸣凄美,感慨秋色的来临。乃散漫幽怀,记我吟魂也。

老柳孤蝉恻怆吟,青山云朵可知君?
琼裙薄透沾新雨,晚露初尝卧旧林。
梦过三更伤往事,生来几次醉花荫。
梢头唱尽明年好,碧月难圆此夜心。

秋荷

2010 年 9 月 4 日

玉渊潭荷塘里的花老了,花萼少了湿润,叶裙多了焦枯。一位白发画家坐在水边,正专心地写生。他说:与娇嫩的花蕾相比,我更喜欢秋风里的荷花。它们多了沉静和安详,有生命的厚重感。感动他的审美,乃以诗记我情怀也。

叶老荷新馥郁香,胭脂凝露动人肠。
风含话语清池静,月映笛箫碧水凉。
气韵从无沾酒宴,节操常可入诗行。
伤心造物芳华短,愧我多情两鬓苍。

玉渊潭歌声

2010年9月5日

玉渊潭湖岸边,每天都有无数游人在歌唱,琴笙弦管,激情欢悦,令人感动。这是家国盛世,歌舞升平的景象。百年世事到而今,应庆幸民族的新时代,得来不易也。乃以诗记我感动。

天蓝水碧玉渊潭,壮气高歌裂管弦。
杨柳风轻摇电塔,河湖浪绿染烟岚。
洪声直欲冲霄汉,舞步随心醉凤鸾。
满眼和谐堪雅颂,神州无处不长安。

钓者

2010年9月8日

晚上九点多,有清凉的风,我站在河边,朦胧的灯光里有垂钓者,幽幽蓝的灯莹莹在渔竿上。他钓到鱼了吗?我怀疑。但他钓到了欢乐,钓到了宁静,钓到了清闲。我肯定。我羡慕垂钓者,而以诗记我感怀。

秋云明暗钓鱼翁,碧水微波缕缕风。
鬓里银丝凝细露,竿头萤火对繁星。
烟霞满袖腥膻味,诗酒三杯苦乐经。
闲散无心贪久坐,长河绿浪总朝东。

唐山

2010 年 9 月

10 日游览唐山。1976 年 7 月 28 日，唐山大地震将这座百年工业城毁于一旦。英雄的唐山人民在一片废墟上重建一座现代化新唐山，创造了凤凰涅槃的人间奇迹。9 月 9 日至 12 日，组织全国中华诗词名家四十余人采风唐山，感慨良多，有诗如次。

唐山噩梦几十秋，梦醒瑶台一胜游。
瓦砾生情成翡翠，残垣着意变琼楼。
涅槃凤鬴三千界，渤海船游五大洲。
醉透南湖波上卧，吟诗飞跃到心头。

凤凰台歌

2010 年 9 月

10 日上午，登唐山南湖凤凰台。凤凰台原是城市垃圾堆，现在是一片葱茏。站在台上，四望南湖美景，有置身江南的感觉。新唐山之壮美，都入诗行。

凤凰城上凤凰台，满眼笙歌萧史才。
一曲青山关燧静，多情渤海浪花开。
盈眸紫气喧天舞，回首劫灰动地哀。
画栋清波凝血汗，琼瑶美酒壮诗怀。

曹妃甸

2010 年 9 月

10 日下午参观唐山曹妃甸。贞观十九年（645 年），唐太宗李世民亲率大军东征高丽（今辽河以东及朝鲜半岛北部），留下许多美丽的传说。传说当地有一位曹姓女子，美丽无比，唐太宗欲召为妃。东征结束时却没有把她带走。这一带后人称之为曹妃甸。现在曹妃甸正在建成世界一流、中国气派、唐山特色的现代化工业区。

曹妃甸里叹曹妃，海水千年苦涩悲。
民女堪称绝代美，唐王不配盛德威。
香魂若是生灵气，笑靥含情展翠眉。
看尽滩涂织锦绣，高天厚地著丰碑。

东陵

2010 年 9 月

12 日上午，游览清东陵。清朝五位皇帝葬于此，是中国现存规模最大、体系最完整的古代皇家陵墓群，已被列为世界文化遗产。慈禧太后的墓也在这里。

东陵紫气涨苍穹，朽骨无关万岁名。
宝器难求皇苑静，草民谁见凤池清。
昆明湖水风云黯，黄海涛声血泪红。
唯有山林祥瑞鸟，欢歌嘹亮最多情。

地震遗址泡桐树

2010 年 9 月

9月10日上午，参观唐山地震遗址博物馆。高高一棵大桐树，有三人合抱，蓊蓊郁郁，立在遗址外的浅水中。它见证了这一片土地上天翻地覆的变化。

栉风沐雨一良桐，见证唐山劫后生。
碧叶婆娑田野绿，修身壮美海潮红。
深根记忆残垣梦，厚土吹来盛世风。
灰烬涅槃堪雅颂，来仪九奏凤凰城。

青山关

2010 年 9 月

11日，到唐山迁西县青山关游览。青山关是保留比较完好的一段长城，是一座重要关口。壮烈歌曲《大刀向鬼子们的头上砍去》所描述的惊心动魄的抗战故事就发生在这里。而今关楼仍在，满眼祥和。心生许多感慨。

青山雄峙望长城，腾跃逶迤似巨龙。
血肉飞崩惊战垒，刀环乱响动云空。
英魂永铸三忠寺，骨气冲融八面峰。
秋水关前泉瀑秀，鹰扬霄汉彩云中。

【注】

三忠寺：在唐山迁西宗教名山景忠山，寺内塑有诸葛亮、岳飞、文天祥三位精忠报国之臣像。

八面峰：唐山境内第一高峰，山体呈八面八棱状，秋水关在城堡东侧。

秋菊

2010 年 9 月 18 日

路边一片菊花，嫩黄的星星点点，细软的雨滋润着，秋色的清凉，淡淡的幽香飘散开来。金英万点，素萼九秋。寒葩清气，玉露香幽。乃吟而记菊之情味也。

秋水菊花点点柔，蛮音鸟语却含愁。
云悠案上千杯酒，雨沐尘间万座楼。
钓叟无求只静坐，浮鸭何故总回头。
一吟屈子心惆怅，读罢陶翁我自由。

静夜歌

2010 年 9 月 21 日

晚上的天透了蓝，云遮月。河边的歌声乐声都缠绵，舞步也更欢快。明天是中秋，满街的人都在这节日的夜里攒动，期待明月的光临。我的诗情也在月色里凝成。

柳带秋风舞凤鸾，菊花蕊嫩比芝兰。
歌含喜泪盈双眼，露是珍珠落满盘。
不倦莺啼星淡淡，多情人看月圆圆。
灯幽水润心偏暖，夜静茶香酒更甜。

庚寅中秋夜有怀

2010 年 9 月 22 日

郎朗天气，月吐银辉。波上天穹双圆，林间荫下融融。秋风光影都透着清爽，玉渊潭里的空气也凝结着浓浓的亲情。感而有记。

今夜长天万里晴，一轮圆月吐光明。
城翻玉宇蟾宫乐，袖舞吴刚美酒浓。
柳蔓丝绦叠翡翠，菊花嫩蕊满瑶盅。
乡心客路思情重，耳畔莺歌对凤鸣。

中秋赠王云

2010 年 9 月 22 日

王云是齐鲁滕州名家。滕州也是王氏旺地之一。王云先生自己出资建王氏宗祠，并让我写碑记。他为那一方厚土奉献了许多聪明才智。感友情之深厚，记诗意之友朋也。

常羡高朋美梦悠，逍遥欢舞在滕州。
云从棋院楼头过，鸟在微山湖上游。
向晚烟霞多灿烂，凌晨雨露更香柔。
人隔千里同玩月，君自风流我自愁。

机上

2010 年 9 月 24 日

上午，乘飞机赴温州，人在云中，云海茫茫，苍天如盖，蓝蔚无边。机舱里的服务员都很美，她们像美丽的小鹿在过道里来往，心生许多感动。咖啡的清烟袅袅，人在云中飘浮，心也生许多诗情。

咖啡烟篆透香浓，袅袅窗含万里空。
雪塑云团卷明暗，天浮蓝幕聚阴晴。
娇花媚我非非梦，弱柳摇人淡淡风。
落地方知尘世苦，也无倩影也无情。

雁荡山庄

2010 年 9 月

24 日晚住进雁荡山庄,这里名响岭头,是通往雁荡景区的要地。清晨推开窗子,雁荡山的美景如图画一般挂满窗口。

雁荡清音响岭头,诗家结伴赋金秋。
十八古刹菩提静,百二奇峰翡翠流。
子晋笛箫仙鹤舞,瑶台风月玉泉幽。
四灵雅韵今又是,万朵芙蓉映九州。

大龙湫

2010 年 9 月

27 日游览雁荡山大龙湫。一条一百八十多米的瀑布从天而降,像一个身着妙裙的美女从玉宇琼宫降临人间。

欲会仙娥雁荡游,痴心醉透大龙湫。
飘如素练浓如酒,灿若惊鸿腻若油。
溅玉潭中同沐浴,忘归亭里尽绸缪。
香泽弥漫仙凡界,不悔霜欺鬓上秋。

雁荡山情侣峰

2010年9月

雁荡山灵峰，一山而劈两峰，蓝天下像双手合掌，月下酷似紧紧相偎，说着情话的情侣。造化神功，令人叹为观止。

万古姻缘寄此峰，恒沙数尽见真情。
蓝天可鉴常合掌，银月凝怀共誓盟。
造化何愁法乳满，人间最苦玉楼空。
观音一指三千界，七宝莲台沐慈灯。

无题

2010年10月1日

园开盛景，节日闲悠。廊桥漫步，临岸游眸。秋风嫩润，天远云悠。啼莺西去，碧水东流。沧桑往事，涌上心头。不知所以，乃哼成各句以记。

高天细露嫩秋风，碧水纤云柳雾浓。
玉殿琼宫曦却暗，人虫萤火夜难明。
瑶台翡翠逢春绿，御座繁花遇雨红。
文翰酸臊谁作对，多情月下乱吟哼。

云絮

2010 年 10 月 3 日

晚上八时在河边散步，抬头看到蓝天上的白云幻化成一只巨大的凤鸟缓缓飞翔，柔白的润润，舒展的悠悠。一位老者抬头说，这是瑞兆。造化的神奇让人感动，乃诗以记之。

莺篁颤动柳依依，云絮抒情化凤姿。
寒露菊香蝉影瘦，梧桐树老雁声凄。
春秋变幻神无奈，冷暖循环我已知。
多少人学王子晋，谁家弄玉爱箫笛。

秋水

2010 年 10 月 4 日

蓝天上稀稀几颗星淡淡，河水闪着荧荧的波。岸上草丛中秋虫在幽幽鸣叫。心有秋的伤感，也有秋的恬静，更有诗的气韵。

秋水澄波翡翠流，一层欢喜一层愁。
蛮吟弄月花承露，灯影摇风柳带柔。
苦爱常觉尘世累，闲情几忘物华休。
人心醉了吴刚酒，满眼青山是九州。

雨夜会友

2010 年 10 月 10 日

潇潇秋雨夜，与诗友欢聚畅饮，忘却苦痛烦恼，情意与琼浆溢满胸中，烟霞共有，清风合抱，形骸皆忘，能不感慨。

秋风夜雨友朋来，玉碗琼浆洗鬓白。
老眼常因情意醉，菊花也伴酒香开。
推杯影现苍原草，惬喜神交盛世才。
送我飞车过尘世，朦胧入梦上瑶台。

重阳

2010 年 10 月 16 日

重阳节是老年人的节日，这个节日正是秋色动人。我却添许多惆怅。父母皆远去，登高望何人？艳阳拂鬓雪，碧叶透霜痕。

衰年我怕过重阳，苦忆双亲备感伤。
客路匆忙身已老，慈恩无限酒难量。
登高远望朝霞暖，漫步幽思夜月凉。
缕缕青烟含腻泪，薄霜带露染菊黄。

慈善寺

2010 年 10 月 17 日

与蓬海、南江等好友谒天台山慈善寺，这是集佛教、道教和民间诸神为一体的庙宇，由七座小庙按北斗七星方位排列构成。名将冯玉祥曾在此隐居，石壁上留下他的一些楷书大字如"真吃苦"、"耕读"等。乃深思以诗记之。

慈善寺来慈善人，慈善人怀慈善心。
释道齐修生妙性，清和共有养灵魂。
脱尘涤虑真吃苦，敲韵吟诗不算贫。
顺治肉胎非也是，吾侪莫管假还真。

京西法海寺

2010 年 10 月 17 日

高朋蓬海带我们游京西法海寺。此寺院由明英宗御用太监李童集资，宫廷修建，已有五六百年历史。寺内许多文物被毁，珍存最宝贵的是大雄宝殿的明代壁画，代表着中国壁画艺术的最高成就，可与欧洲文艺复兴时期的壁画相媲美。

法海禅音荡翠微，祥云紫气染霞晖。
梵天可付三生度，佛众皆凭一念皈。
水月流光昭苦路，钟声切韵响慈悲。
山环圣地莲池净，洗我尘身两鬓灰。

贺湖北诗词学会五届二次理事会

2010 年 10 月 22 日

陪同郑欣淼会长赴武汉参加湖北省诗词学会五届二次理事会。会议在团结热烈的气氛中完成各项议程。是湖北广大诗友们的盛事，是湖北诗词文化的盛事。老会长徐晓春和新会长罗辉同志都是湖北一方德高望重的领导，也是湖北乃至全国知名的诗家。湖北的诗词事业一定会有新的繁荣和发展。

菊花满袖拜荆襄，千古骚魂感热肠。
黄鹤楼头听楚调，归元寺里沐慈光。
诗情雅韵惊寰宇，文脉风涛涌大江。
天下宾朋同翘首，群英际会谱新章。

钟祥谒显陵

2010 年 10 月 24 日

明显陵在湖北省钟祥市城东郊的松林山，是明世宗嘉靖皇帝的父亲恭睿献皇帝和母亲章圣皇太后的合葬墓，是我国数千年历史长河中最具特色的一座帝王陵寝。气势宏伟，工艺精湛，布局合理，构思独特，是我国中南六省区唯一的一座明代帝陵。站在陵楼四望，漳河流过沃野，太子山青翠葱茏，瑞气蒸腾，真一方钟灵毓秀之宝地。

我到钟祥一胜游，天蓝云秀玉笛秋。
漳河水碧皇灵在，太子山青紫气留。

老树常年生翠色，残垣依旧占高丘。
苍民谁问兴亡事，多少游人却叩头。

登太和金顶（二首）

2010 年 10 月 26 日

与郑欣淼、罗辉等胜友拜武当。下午五时，临近太和极顶紫禁城，漫天飘起雪花，琼阁绿树转眼间披一层玉润。快要到达转运殿时，我脚下一滑，摔了一跤，成为此生登太和金顶的永远记忆。

（一）

武当万仞入重霄，金殿堆云瑞雪飘。
多少游人都转运，唯独我辈却摔跤。
七星旗展山崖动，一寸心痴日月昭。
满眼秋风拂鬓老，清虚无限路迢迢。

（二）

金顶琼台在九霄，心随香雪荡春潮。
尘身已距天门近，浊眼微观世事遥。
大丽菊花红灿灿，乌冈栎叶碧娆娆。
三分气蕴清凉界，万里嘤鸣太子箫。

南岩宫

2010 年 10 月 27 日

南岩宫是武当山最美、最奇特的道观，它镶嵌在悬崖绝壁之上，低头万丈之下，是碧玉一般太极湖。凭崖临渊，伟岸至极。石殿是元代（1314 年）修建的，石殿外边，伸出一条石梁，长 2.9 米，宽仅 0.4 米，梁上雕以游龙，称"龙首石"。在龙头上雕着一个香炉，人称龙头香，龙头伸出绝壁之外，凌空翘首，惊险无比。从这里可远眺太和极顶。此日登临，烟岚雾缕飘渺，金殿时隐时现，极尽神秘而壮观。

披霞裹雾到南岩，紫气蒸腾绕翠岚。
金顶风吹三万里，龙头香拜五千年。
仙灵妙有人清静，道法盈虚我自然。
太子坡前无太子，阴阳湖底映青天。

赠罗辉

2010 年 10 月 30 日

阅读罗辉同志赠诗词集《四维吟稿》，感慨击节，回味无穷。我和他一样是农民的儿子，但他的刻苦努力，他的才华诗意是我所不及也。更感动他这样一位大领导，能在诗词的海洋里驰骋，心境如此清澈。吟而记之。

罗兄才调四维深，开卷繁华满眼春。
气动三城文赋友，情怀一脉楚骚魂。
君吟高韵扬前列，我愿低头拜后尘。
郢鄂诗坛擎大纛，常思把手仰风神。

老树

2010 年 11 月 1 日

院外路边一棵巨大的老榆树，秋风中的叶变枯，乌鸦盘旋着在空中呼叫，在枯枝搭起的巢沿上议论。不知它们在说些什么，但我的诗意一定与它们契合，于是吟而记之。

风吹老树叶枯黄，铁干铜声瘦影长。
雾缕缠绵应有意，归鸦呼喊不成章。
从来春夏朝晖暖，莫怨秋冬晚景凉。
万点残星滴夜露，一弯新月送夕阳。

乐声

2010 年 11 月 4 日

傍晚的阳光格外温暖,一阵鼓乐响起,铿锵震动楼宇,激越摇动心旌,柔漫令人感动。忍不住驻足凝听,眯上双眼,那乐声让我的热血奔涌。这震撼灵魂的乐曲催我的诗情荡漾,乃歌而记之。

玉管丝弦锦瑟悠,高山流水醉心头。
莺簧带笑轻轻抖,舞步偕君慢慢揉。
惨淡尘身湿细露,清凉月色泻琼楼。
难求人事千般好,痴命风怀万里秋。

钓鱼台银杏

2010 年 11 月 6 日

钓鱼台东墙外那些高大的银杏树满树金黄,树下集聚着许多举着相机的人竞相拍照,留下金秋的美丽,成为每年秋天京城一景。这诗意的壮美,是大自然的赐予。我的诗也记录这千年银杏的一年秋色,留下我人生中的记忆。

高秋风嫩动纤云,银杏涂黄乱点金。
玉露凝寒增厚重,红霞送暖备清新。
千寻身做垂纶手,万古根生捧日心。
花草莺声常做伴,阴晴都笑钓鱼人。

立冬

2010 年 11 月 7 日

今日立冬，起风了，天冷了。风吹落树上的枯叶在空中乱舞，高天的清爽却让人振奋。人生的四季，是造化的一部分，也是生命中的无奈。而诗意是冷暖皆宜的吟品，四季都可以沉醉其间也。

寒气初来到立冬，菊花烂漫蕊香浓。
晨曦带露朝云紫，晚照经霜落叶红。
隔岸人随交谊舞，临风我唱大江东。
邀君为敬新丰酒，调鼎需和粟米羹。

贺河南老年诗词研究会 20 周年

2010 年 11 月 9 日

河南是中华文化的根脉，是诗词艺术的沃土。中原老年人中，热爱、精通中华传统诗词的人不计其数。二十年来，他们歌唱和谐中原、赞美文明河南，推动一方盛世，留下许多精品力作。改正不才，涂抹以致恭贺。

嵩岳连霄万里秋，中州文气动神州。
人间忧乐清凉韵，耳畔笙歌雅颂讴。
皤鬓随风思漫漫，乡心兑酒意悠悠。
朦胧似见吟旌舞，诗满黄河月满楼。

故乡的雪

2010 年 11 月 12 日

天冷了,秋叶飘零。脑海里浮现童年时家乡原野上的雪,茫茫无边,却是暖暖的,麦苗深埋雪下,河水像一条深蓝的带子。比现在的雪干净轻软,富有诗意。

常忆家乡雪不凉,童心无忌吻梅香。
冰河伸展琉璃带,榆麦铺成玉粉妆,
眉月知人圆好梦,朝霞伴我进学堂。
而今父祖皆亡故,千里幽怀倍感伤。

贺戴路祎王大鹏新婚

2010 年 11 月 13 日

高朋戴保华女儿大婚,是人生大美。《易》曰,归妹,天地之大义也。《礼》曰,婚礼者,礼之本也。自古姻亲皆有定数,婚配并非偶然。靓女英男,携来华堂喜庆;天成地设,相约结伴百年。享仁寿康馨之福,弹琴瑟娴雅之弦。乃吟诗以贺而祝之也。

英华照眼美祎祎,凤矗鹏飞杜宇啼。
花好听琴织锦绣,风柔润月抚笙笛。
云追燕翅香泥醉,雨爱桃夭玉蕊湿。
恋到深时春永驻,情丝一系百年痴。

窗上鸽子

2010 年 11 月 16 日

　　傍晚听诗斋里九层楼,窗外两只鸽子飞来,在窗台上咕咕叫着依在一起,没有穷通的计较,无需玉殿华堂,檐下风雨中,也是它们的栖身之所,这纯美的亲情爱恋,可令人类汗颜,也使人心感动。

　　窗上依依一对鸽,关关相诉恁情多。
　　高秋风润倾眉月,暗夜星幽睇眼波。
　　常忆阳春餐雨露,犹怀美梦浴银河。
　　繁华闹市忒险恶,清静阳台避网罗。

云遮月

2010 年 11 月 18 日

　　傍晚,没有风,润润的空气,云絮里是一团浑浊的月,在琼楼玉宇间幽幽徘徊。几只鸟在银杏梢头叽叽喳喳地议论。流水悠悠,一园静谧,有诗意在朦胧的夜色里酝酿。于是吟而记之也。

　　半满婵娟也害羞,云华淡淡泄光柔。
　　千杯老酒薰花影,一缕瑶琴叹素秋。
　　星鸟巡天悠汗漫,人车塞路卷潮流。
　　肠曲九转思乡苦,梦到三更望月愁。

居酒屋

2010 年 11 月 19 日

路遇福神面馆，名字曰"居酒屋"，据说是由东京居酒屋料理。福神是日本神话中保佑人间福德的七位神仙。也是商业之神，能保佑生计和生意兴隆、如意。来酒屋而静静，求清淡之温饱，觉人生之有味。一边吃面，一边吟哼自乐，率而成韵也。

　　福神落座居酒屋，满面春风唤主厨。
　　请用神州甘露水，烹成天下美香酥。
　　开门惯看尘迷眼，入海才知蚌孕珠。
　　柳叶枯黄菊叶嫩，华巅霜重钓竿粗。

和廷佑兄《曲阜授课》

2010 年 11 月 20 日

前不久，廷佑兄到山东曲阜授课。今天早上七时许，传来诗作《曲阜授课》：四百儒商阙里来，孔门问道锦心开。浮云过也谁称富，所好从之我上台。逾两千年通智慧，悟三五字即贤才。泮乡洗却尘劳事，再赴江湖亦快哉。击节吟读，即涂抹和之。

　　改正读诗亦快哉，贤兄曲阜展高才。
　　千年儒教知兴替，万代师风染庙台。
　　泰岱燕山同起舞，江河洙泗共徘徊。
　　欣逢盛世真堪醉，不厌狂歌归去来。

月思

2010 年 11 月 20 日

晚上没有风，玉渊潭里静静，恰是农历十五，碧月清圆。我走在河边，一河灿烂绚丽，水波幽幽，钓鱼台里高大的槐树梢头突然传来一声鸟的啼叫，那是从乌鸦窝里传来的一声梦呓，我依在桥栏感受这温馨的夜色。

抬头一望月圆圆，老树梢头鸟梦寒。
水映华灯浮幻彩，天铺碧玉写庄严。
心随妙性迷情苦，色受慈根法乳甜。
雾露缥缈昭感应，金风抚面问因缘。

赠岳成大律师

2010 年 11 月 23 日

岳成先生是大律师，是京城知名度最高的律师，他有一颗善良淳厚、温暖玉润的心。他的成功是因为他对人民有浑厚的感情，他骨子里有着深深的老百姓情节。思其成功之道，吟成一律以记也。

白山黑水海伦风，气壮天元玉宇宫。
尘世灵邦需净土，春华秋月动京城。
心行善愿慈航远，法眼悲怀妙理通。
慧日普光皈定业，吾侪翘首望青空。

【注】

心行：佛教用语，心中无时无刻不在想着的各种念头，这种行为叫心行。

窗外

2010年11月27日

案前看书，抬头见窗外阳光温暖，万象融融。河边车来人往，岸上有钓翁静静，莺声韵致，杨柳风翻，有感吟成。

> 窗外韶光案上书，黄花带露美瑶图。
> 双双乌鹊栖榆树，缕缕云丝绕碧梧。
> 翰墨无痕如玉骨，琴音有字赛珍珠。
> 千杯酒热随樽倒，一寸心痴待月出。

银霜

2010年11月30日

早上走在河边，突然见岸草茸茸铺一层白霜，晶莹闪亮，寒气氤氲，了无生机，路边一片菊花在霜寒里变得枯萎，只有几朵倔强地盛开。冬天的酷冷袭人，谁不盼望春天呢。

> 寒凝草树裹银霜，柳带焦枯寂寞长。
> 船上稚童多笑语，梢头乌鹊倍凄凉。
> 瞠眸梧叶风前老，唯盼梅花雪后香。
> 云外烟岚霞彩秀，谁来伴我看夕阳。

晚霞

2010 年 12 月 2 日

听诗斋九层楼,凭窗西望,晚霞温暖绚丽。一串鸽哨从窗前飘过,抬头看见几只鸽子点缀在彩云里,京城的烟霭和喧嚣都弥漫在烂漫中。造化的温馨令人感动,人生的诗意翻卷在心中。

未必天天霞彩虹,闲游窃喜晚来晴。
飞鸽信有凭云翅,笑我无知鹤发翁。
垂钓竿都亲碧水,浮尘谁不盼春风。
心随静夜酸甜梦,月在冰寒玉宇宫。

有怀

2010 年 12 月 3 日

听得一阵铿锵的音乐摇动大楼,又有琴声悠悠颤得人心里酸酸。站在河边看一河清碧悠悠,寒风里的老柳蒙了枯黄,菊花也老了。仿佛那动人心弦的乐曲在波上流淌,在人心里颤抖,我凝思在乐声里,有诗情涌动。

菊花老到雪寒时,常忆家山绿柳枝。
苦梦无端飘絮软,浮生有愧落红稀。
风前玉蕊含清露,雨后芙蓉映碧池。
桑梓书来谁问讯,春情春意两依依。

钓鱼台畔有所思

2010 年 12 月 5 日

凭窗望钓鱼台在烟雾朦胧中，松柏掩映，灯光幽幽。湖水静静，人影绰约。有绵绵的琴声从远处飘来。漫步哼成各句。

钓鱼台夜影朦胧，灯火琼楼漫绿红。
墙里乔松云絮卧，湖边浅草雾丝凝。
香烟缭乱清清月，歌舞柔温细细风。
竹韵尘音皆入静，诗心妙性也相通。

弯月

2010 年 12 月 8 日

风吹蓝了天，清澈透明像宝石一样晶莹，一钩上弦月在西半天上，像细细一弯眉笑。映在河面幽幽闪动。有鸟的影子从月边穿过。令人遐思默想。

弯弯细月眼迷迷，搅动清波挂柳枝。
浪点金星浮幻彩，竹摇风影动情思。
堪怜桂魄才结蕊，照见梅花已弄姿。
天路遥遥八万里，圆阙冷暖叹云泥。

鼓乐

2010 年 12 月 10 日

　　傍晚,西窗外的晚霞在金融街的高楼大厦上留下绚丽的剪影,煞是壮观。铿锵的乐声又在耳畔奏响,激越震撼人心。蓝天上的眉月更亮更清润。胸中涌动着感动,有句以记情怀。

　　鼓乐铿锵震我怀,丝弦柔软绕楼台。
　　无边霞彩凌晨秀,几朵昙花子夜开。
　　鸟梦枝头情浪漫,歌飞霄汉月徘徊。
　　相思带泪君前有,鬓雪随风镜里来。

冬日玫瑰

2010 年 12 月 14 日

　　坐在公交车上,见一位年轻小伙子上车来,端着一盆鲜艳的玫瑰花,在这个严酷的寒冬里,引来车上人惊喜的目光。那艳艳的美丽给寒冬里带来浓浓的春意。满车人都在花朵的芬芳里愉悦着,这短暂聚散的旅客也一起融进诗意里。

　　一朵玫瑰艳艳开,迎寒凝润度香来。
　　松梅气韵随人意,冰雪精神醉我怀。
　　此地何郎思燕舞,谁家小妹望阳台。
　　娇花总盼春风早,梦里桃红玉露白。

赴夔州机上

2010 年 12 月 15 日

陪同梁东老先生到重庆奉节,出席诗城奉节首届诗歌节暨夔州诗学术研讨会。晴朗天气,高云蓝幕。向下望,千山万壑,细如皱纹。神驰彩云白帝,遥想夔门险要,三千年诗韵都在大江里翻滚。机上哼成各句。

座驾雄鹰我亦神,凭窗眺望拜夔门。
衣衫云雾应长啸,历块峰峦好壮吟。
千古诗城留雅韵,三峡明月梦瑶琴。
多情人是巫山女,谁在江边诵典坟。

草堂河

2010 年 12 月 17 日

走过风雨廊桥到白帝城,左边就是著名的草堂河,远望是三峡的壮阔。雪后的阳光如此灿烂温暖,仿佛杜子美踏浪歌来。碧水悠悠,静静流淌着千古诗韵。我和众诗家都在这诗意里感受着家国盛景。乃诗意融融以记也。

风雨廊桥卧碧波,诗心浴透草堂河。
夔门壁下尘身小,白帝城头老泪多。
巴蜀堆云生紫气,山城拔地立琼阁。
千年子美千年美,万里江流万里歌。

题长寿湖

2010 年 12 月 19 日

下午游长寿湖。这个湖开成于"一五"期间,当时的狮子滩水电站是国家重点工程之一。美景如画,毓秀钟灵。天浮山影,水碧空蒙。鱼翔浅底,柳下垂翁。鸥鹭云影,词侣诗朋。涤尘洗垢,旷放心胸。真巴渝福地,寿考瑶池也。有诗。

万顷瑶池长寿湖,龙涎美酒凤颔珠。
波呈碧玉琼华舞,岛是青螺翡翠浮。
白鹤柔霞邀雅士,红花明月伴娇姝。
泉抒琴韵涤尘虑,诗侣乘舟入画图。

夔州

2010 年 12 月

夔州,即现在的重庆奉节县,古称鱼复,据荆楚上游。一个充满神奇令人向往的地方,素有诗城之美誉。12 月 16 日,我和梁东先生代表中华诗词学会参加奉节县举办的首届诗城诗歌节暨夔州诗学术研讨会。感受夔门的壮美豪迈,感受三峡文化的浓郁,感受夔州诗的博大精深。有感而寄之。

梁公带我谒夔门,浩荡江流写壮魂。
巴蜀泉源归一统,曹刘兵燹定三分。
瞿塘峡口朝东海,白帝城头望北辰。
坝上平湖十万顷,巫山神女梦成真。

白屋诗人

2010 年 12 月

21 日到达江津八中。这所中学地处重庆市江津区的远山区，长期以来，一直非常重视诗教，在浓浓的诗词文化氛围里，孩子们都非常热爱优美的古典诗词，他们的诗词报就是以白屋诗人吴芳吉的名字命名的。我和梁东先生来到学校，为老师们对中华传统文化的自信而充满敬意，为孩子们在诗词的陶冶中成长而感动。归来诗以记怀。

白屋诗韵动人魂，青史昭昭大义存。
巴蜀来思精卫鸟，山城常奏广陵琴。
文章血泪苍生苦，志气风涛碧柳新。
国士悲歌招后辈，鲜桃艳李满江津。

【注】白屋诗人：吴芳吉，字碧柳，1896 年 7 月 1 日生于重庆杨柳街碧柳院，"五四"前后我国诗坛上独树一帜的爱国诗人，也是著名的教育家和社会活动家，一生以诗名于世。

新夔城

2010 年 12 月

高峡出平湖，夔城不是旧貌。歌诗满街市，奉节已是新城。在三峡碧浪里的古夔州，在三马山怀抱里的新奉节，记忆着数千年的夔州历史，展示着新奉节的美丽和豪气。眺望大江奔涌，心潮浪卷，乃长歌以记之。

四面清波浪涌夔,巫山神女展修眉。
文星光耀瞿塘水,诗圣情怀滟滪堆。
白帝祠前风荡荡,襄王梦里笑微微。
新城满眼和谐韵,不作荒唐宋玉悲。

陈独秀旧居有感

2010 年 12 月

22 日下午,同梁东、唐元龙等名家一起,从江津出发前往鹤山坪陈独秀旧居拜谒。离江津三十多里地,一个偏僻山村的石墙院里,园中有青松芭蕉,有开放着的蜡梅。1942 年 5 月 27 日晚上 9 点 40 分,中国共产党的创始人,中国新文化运动的开山祖师,一代人杰,在凄凉、孤寂、绝望中静静离开人世,终年 64 岁。我在那许多遗物前静默,在他的雕像前悲哀,唯以长歌记我深思也。

九派横流夜暗时,一江汹涌待晨曦。
石墙院落芭蕉老,凉月孤舟冻雨凄。
翠柏临风铜骨瘦,青竹傲雪劲节奇。
何年重过江津路,再看红花绿柳枝。

新年问友

2011 年 1 月 1 日

又是一年尽了,回首亦喜亦忧。遥想新年有寄,惭颜镜里白头。岁月催人老去,流年使我多愁。愧怍之情漫漫,伤情之意幽幽。乃兴文挥翰,聊旷放而吟讴也。

年逢玉兔动人肠,问讯书来四五行。
白发经年稀有数,青松浴雪寿无疆。
千山绿韵随风暖,万水澄波映月凉。
胜友梅花开网上,天涯新蕊我闻香。

满江红·一轮甲子动情怀

2011 年 1 月 2 日

人生六十年,仿佛一梦中。往事悠悠,留下悲愁和伤感;人生漫漫,许多无奈与迷蒙。我伫无边的旷野中寻觅,夕阳在有限的晚霞里飘红。烟霭温柔飘渺,扰动我的诗情。乃吟哼以记也。

烂锦夕晖,梳鬓发,浮尘残雪。漫回首,春秋军旅,汗湿冰铁。淡淡流年铜管裂,茫茫苦路琴弦咽。转眼间,甲子一轮回,青丝谢。　韶光好,霓虹烨。飞鹏影,云边月。梦山峦历块,露星明灭。文翰揉肠增寂寞,诗朋劝酒恣欢谑。看斜阳,碧水染霞绸,风猎猎。

寒月

2011 年 1 月 5

　　看见一钩细月在楼头上莹莹。酷冷的风像刀子一样割人脸生疼。河上结了一层冰,柳丝硬硬在风中抖动。盼望着春天到来,楼前的玉兰树枝上无数毛绒绒的蕾鼓胀着,春天娇美的花朵是从严寒的冬天开始孕育的。春天不远,诗意凝心,为之吟哼。

　　不怨春归料峭寒,一弯眉月挂云边。
　　东来紫气浮尘世,西望烟霞落碧潭。
　　绮靡风吹歌舞地,花间酒醉玉颓山。
　　婵娟镜里生残雪,可笑吾侪两鬓斑。

寒梅

2011 年 1 月 7 日

　　梅花开了,在这酷冷的冬天。想起了不久前在江津白沙聚夔书院,满树蜡梅盛开,满园浓香扑面,那里曾是白屋诗人吴芳吉的母校,一位才华横溢激昂慷慨的烈血诗人。拜谒碧柳墓园,梅花骨气仍在。又见梅开京华,感慨有记。

　　纤云清雪孕梅花,雾暖冰丝蕊露滑。
　　墨韵留痕洇玉碧,丝弦乱颤抖红葩。
　　京华倦客摇寒影,苦旅游魂醉彩霞。
　　骏骨虬枝真老矣,松竹作伴绽新芽。

琴声

2011 年 1 月 10 日

缠绵的小提琴旋律飘过来,我驻足凝听,在这寒冷的冬日里,那拨动心弦的声音让人感动。乐声里有玫瑰花瓣绽开的悸动,有湿润柔柔的泉水叮咚,有莺簧颤颤的啁啾。世上还有什么能比这浸透心灵的音乐更美呢!有浓浓的诗意在心中氤氲,乃吟哼以记也。

琴声拨动九回肠,曼妙缠绵韵绕梁。
乌鸟啼心情溢水,清泉引泪味凝香。
春来冰蕊红霞暖,雪后琼花玉露凉。
杯酒才倾人已醉,凭栏遥望是夕阳。

晥晚

2011 年 1 月 11 日

黄昏的天晴朗朗,暖绿色的光笼罩着硬硬的楼宇,停车场一样的大街上,车行不如蜗牛快。望长河凝碧,流水悠悠,闭目听喧嚣的尘世,吟哼记晚霞的温柔。所谓情多天不远,心远地自偏者也。

黄昏霞彩暖魂灵,月影弯弯冷画屏。
落木清池难浴凤,凄风酷雨妒飞莺。
一声鸽哨如歌咏,万朵云花似血红。
空色关情浮尘世,诗行入梦过蓬瀛。

新春联谊会

> 2011 年 1 月 15 日

又是一个春天来到,同仁欢聚一堂,回忆心路历程,共叙人生情怀,歌咏铿锵,丝弦曼妙,令人陶醉。乃为之记。

诗怀浩荡鼓春风,歌管喧喧舞步轻。
衣带香烟凝雾紫,杯摇琼露落尘红。
坤吟乾啸丝云暗,魄动眉飞醉月明。
三弄梅花心颤颤,一重美梦雪融融。

满江红·黄昏

> 2011 年 1 月 18 日

傍晚的天,高远而蓝蔚,凭窗西望,一圆月溶溶,月的晶莹明亮,是冰清玉润,照亮心头。人世沧桑,故里乡愁,都让我遐思冥想,有诗意的感动,乃吟而记之。

风烈冰寒,云絮暖,双鸟影暗。窗外水,霜欺岸柳,月浮玉鉴。芳草青莲成记忆,猩红腻粉都不见。绚流光,暮色渐深沉,岚烟淡。　凭栏久,忧怀满;平生事,多浩叹。悔年华虚过,鬓丝烦乱。万里征人思妙理,三生尘路悲宏愿。对黄昏,百转九回肠,家山远。

无题有怀

2011年1月20日

诗友送一绣品,一对两小无猜的娃娃在阳光下亲吻,可爱可怜令人感动。他们的人生从纯洁的少年开始。一生修成什么果子,却难意料。谁都追求完美,但不完美的人生才是真实的人生。尘世忧欢真难料,唯有诗情似梦中。乃吟以寄怀也。

痴情美是两无猜,竹马桃花鬓上开。
笑靥深含春草露,冰心嫩润雪梅苔。
天华雨后云霞紫,莲蕊风前夜月白。
尘世难修真妙性,人生谁不梦蓬莱。

灯影

2011年1月23日

大朗朗晴,清风抚摸河面,薄冰上闪耀着莹莹的绚丽,没有结冰的水上波光粼粼,柔软的乐曲和撩人的歌声从对面三角地飘过来,心上突然凝生一缕佳节思人的感动。

灯影摇寒水上冰,临风看惯月亏盈。
千年古柏枝凝翠,一树新梅蕊泛红。
托梦常觉心意重,敲诗总愿键盘轻。
何人舞动烟岚里,恰似瑶池碧玉宫。

小年

2011 年 1 月 26 日

　　记得小的时候,每年到此日,老母亲起大早忙着请灶王爷,在神像前点上香,摆上猪肉、馒头,希望这位爷到上天那里多说些好话。我望着那祭品流口水,对灶王爷充满忌恨,他没有为这贫寒之家送过一粒一饭,可他却享受最好吃的东西。而今老母亲远去了,心生许多思乡的悲苦。人间的许多烦恼和无奈都涌上心头。

　　河边老树绕鸟飞,窗上何时满落晖。
　　信手撷来霞两片,随心酿进酒三杯。
　　华灯流韵柔裙舞,竹叶低吟雅韵吹。
　　眺望家山同此夜,乡愁又伴小年归。

清夜

2011 年 1 月 30 日

　　夜的天格外晴朗,透明的蓝蔚,闪亮的星河,风温柔地吹到心底,岁末的感动冲开我的泪泉,人生的幸福在夜的静谧中浸透我的血脉。多少苦难都会过去,无边芳草等待春天。新春的风已经凝成诗意,催人赋咏吟哼。

　　梅开一朵待芳春,淑气含香落满身。
　　故土家山应有赠,天衢河海倍觉亲。
　　衣衫乱染风尘旧,鬓发轻拂雪蕊新。
　　星斗窗前凝泪眼,桃花梦里遇情人。

除夕

2011年2月2日

除夕。站在窗前，满眼烟花竹爆弥漫京城，蓝蓝的天上被映成五彩，浓浓的烟香雾缕缠绵。思乡的情绪在胸中和着酒液翻卷。吟成以记。

彩练烟花绘瑞图，连天竹爆一星孤。
人神梦入银鳞宴，新旧年开美酒壶。
喜腻稚童掀乐舞，波寒老树乱飞乌。
窗前烂漫蓬瀛景，故里春风引鹧鸪。

立春

2011年2月4日

中午十二时三十三分立春。春天来了，春天的风也多了湿润。篱外霜竹，开翡翠之帐；波浮烟雾，戏鸳鸯之亲。渔翁静静，默想冰开水润；莺鸟翩翩，啼歌喜悦逢春。望浮云而思远，随舞乐而欢欣。乃吟而记以情怀也。

融融春气惹风骚，香雪多情落鬓毛。
河上融冰约我钓，枝头彩鹊对人娇。
曦霞灿似红丝锦，泉水甜如玉色醪。
草梦初萌虫已叫，桃花孕蕾醉诗豪。

兔年新年新月

2011年2月6日

傍晚站在木樨河桥头,蓝天上见一钩细月,一颗明亮的星伴着弯月。无数的礼花升上天空与新月亲吻,那月眉也笑得更加甜蜜了。耳畔歌声乐声都勾起浓浓的思乡之情。

一星一月细眉弯,春气和烟送旧年。
锦瑟丝柔鸣凤管,寒梅蕊看粉蝶兰。
乡愁美酒杯常满,火树银花夜不寒。
竹爆声光连万里,凭窗遥望是家山。

六弄梅花

2011年2月8日

节日阳和,一琴师在玉渊潭亭子下弹奏,一曲《梅花三弄》,一遍又一遍,婉转悠扬,缠绵悱恻,让人心神荡漾。我的身心都溶化在这乐曲里。琴师说,"我这叫六弄梅花"。我笑说,那是更缠绵的"三弄梅花"。他也笑了。春天的气息在心里凝成诗行。

六弄梅花我意痴,仙葩馥郁透冰肌。
云蒸霞蔚飞灵逸,雨沐风舒荡彩霓。
玉蕊凝寒思漫漫,香魂劲骨爱依依。
红烛喜泣荧荧泪,绿绮莺羞恰恰啼。

田永清将军七秩寿

2011年2月12日

老首长田将军永清政委，生于1940年12月24日，农历十一月二十六日即辛丑日，属犬龙。曾任总参谋部军训和兵种部政委。2001年5月退休后，笔耕不辍，不断为军队和地方各大学作人生主题讲演，受到热烈欢迎和高度评价。他还是一些军地大专院校的客座教授。原军委副主席迟浩田上将誉之为"军中儒将"。

菊开燕赵仰高秋，鹏翼扶摇看冀州。
帷幄缨冠一儒将，军戎铁甲万兜鍪。
才思江海八叉手，肝胆昆仑两自由。
眼底河山皆胜景，黄昏霞彩更风流。

春雪

2011年2月13日

早起凭窗，雪花漫舞，一片银世界，京城在嫩嫩的春天里享受梨花乱舞，门前的翠竹绿树，都变得琼枝玉叶，一带河流在白雪映衬下成了一条碧琉璃。春雪让人欣喜，让人涌动诗情。十一点，雪霁风清，阳光又开始照耀大地。

已是春来瑞雪迟，梨花恋上小桃枝。
莺雏惊醒香窠梦，柳眼争开碧水池。
玉宇琼田心也素，红梅翠柏鬓偏稀。
家乡短信说榆麦，酒暖神清好写诗。

上元夜有怀

2011年2月17日

京城沸腾的夜，满眼烟花，满耳竹爆，圆月也失了光彩，无数的礼花在空中绽开，夜空一片灿烂，浓浓的硝烟在空气中弥漫。人心沸腾激荡，良宵游子无眠。

烟花火树漫京城，月影笙歌舞到明。
美酒流光香淡淡，华灯涌浪雾蒙蒙。
凭窗眺望人无寐，对案相思泪也红。
同是良宵梅柳梦，婵娟幻彩两空灵。

早春

2011年2月20日

湿润的好天气，有春天暖暖的雾霭，河岸的柳丝上鼓起柳米了。草坪里的雪融化了，玉兰树上毛绒绒的花苞在风中鼓胀，盼望着绽放生命的美丽。

残雪融融柳梦舒，丝柔米瘦绘新图。
铺开烂漫千重纸，看尽兴衰万卷书。
冰韵婵娟天上有，白头美女世间无。
春风嫩润梅花老，琼蕊成泥命不孤。

春雪

2011 年 2 月 26 日

一场春雪朦胧了京城,春天在清润的雪里到来。是丰年之瑞兆,皆喜庆之银白。梨花开满草树,皓鹤飞回钓台。于是有黄竹周雅之怀。乃吟而记之。

铺银春雪恋桑麻,草树朦胧裹素纱。
老柳枝条连玉缀,修竹碧叶绽梨花。
吟诗未见梁间燕,暖酒惊呼水上鸭。
远处湿云分冷淡,黄昏晴日看烟霞。

雪后有怀

2011 年 2 月 28 日

霁雪光风之美景,有天晴气爽之轻松。河岸草丛湿润,雪铺玉而融融。雪的美妙仍在眼前,春的气息已经浓浓。诗意凝心,漫步吟哼以记。

阳和雪韵素纱柔,玉马琼田卧梦悠。
客路冬梅红细蕊,家山春柳绿梢头。
轻吟故地怀人曲,苦忆当年望月楼。
老树啼莺疑有绪,浮生腻酒既无愁。

翻书

2011 年 3 月 2 日

懒懒尘身伏案,慵慵春日翻书。莺笛韵致绵软,柳浪波流画图。烟花翻卷如梦,翰墨风摇酒壶。信手牵来云絮,高贤笑我糊涂。尔乃诗海里徜徉,未计味浅辞芜也。

胡乱翻书懒也勤,皮囊空瘦眼无神。
桃花春水莺啼露,金柳香泥燕舞裙。
万代云霞新亦旧,千年诗韵旧还新。
华巅落雪非闲鹤,我辈深思愧古人,

紫蕊梅花(二首)

2011 年 3 月 6 日

晚上,在和顺府,邱将军京平副主任宴请二月河、张庆善、蔡中云等胜友。他为各位带来几枝紫蕊蜡梅,那是国防部大院里唯一一株梅花,是当年从潭柘寺移栽来,彭德怀元帅手植的。清香在和顺厅里弥漫,春天的气息,满室浓郁。今天是农历二月二龙抬头的日子,真龙凤呈祥,吉祥如意。情不自禁,有诗以记。

(一)

梅花疏影染衣裳,紫蕊凌寒透骨香。
嫩萼风流携壮气,寒枝清瘦带春光。
听琴把手皆和顺,对案倾杯几欲狂。
涂抹诗章抒雅韵,白头一笑看斜阳。

（二）

高贤赠我一枝梅，紫蕊凝春二月归。
瑞气阳和融玉蕾，清风水暖沐晨晖。
酣吟切韵无咸淡，大笑倾谈论是非。
三弄琴歌情感泪，呼君把手共传杯。

鹧鸪天·建党九十周年忆英烈

2011年3月11日

春风骀荡，碧水长流，柳吐新绿，舞劲歌悠。共产党九十周年，江山巨变，感慨良多。吟成以记。

九秩神州旧变新，胸涛翻卷欲长吟。先贤血碧中华土，后辈情怀盛世春。　听舜乐，举尧樽，清明莫忘拜英魂。遥思前路八千里，谁是苍生保护神！

赠周启安大姐（二首）

2011年3月12日

周启安是楚鄂诗家，读其诗，觉温文淡雅，凝露流芬。桃妖梅韵，秋水春荫。黄鹤楼头圆月，磨山湖畔兰馨。听窗廊绿绮，有草树蛩吟。感而有记。

（一）

启安诗韵动人魂，惹我情思赋洛神。
黄鹤心随云雨外，红巾泪堕楚天门。
回眸柳上金芽嫩，翘首梁间燕翅亲。
哂笑浮生无胆气，霜毛羞眼看阳春。

（二）

楚湘春色倍温馨，朝雨和烟染暮云。
燕翅随君穿细柳，莺声伴我抚瑶琴。
桃花乱落千行泪，芳草蓬茸一梦魂。
幸是俞钟知己在，弦柔流水抖精神。

春来

2011 年 3 月 13 日

春天来了，路边的迎春花绽开串串嫩黄，玉兰露出娇颜，河岸柳树蒙上淡淡绿雾。心中就涌动着春天的喜悦。

又见桃枝一点红，阳和霞彩燕裙疯。
兰香总恋黄莺鸟，柳带偏摇雪鬓翁。
命数因缘多偶遇，人生随处可相逢。
巫山水远龟蛇静，醉眼天高酒色空。

新春

2011 年 3 月 19 日

凭窗惊喜，昨夜春风，染绿京城，绽开了花红，钓鱼台的琼楼翠殿都掩映在杨花柳雾之中。我因感冒，不能游园，春天的鲜美，只在眼前如画，心有遗憾。吟成以记。

巧手裁春昨夜忙，妆成新柳嫩纱黄。
鸳鸭浮翠琉璃软，莺鸟啼红杏蕊香。
游客兴来歌舞劲，垂翁心静钓竿长。
踏青窗外人无数，我却发烧卧病床。

鹧鸪天·双燕

2011 年 3 月 22 日晴

孩子们蜂拥到玉渊潭里，一团欢声笑语，荡起花海绿浪。年轻的心是这样热烈鲜活，令人羡慕。连日来病体慵懒，无精打采。突然，一双燕子从眼前飞过，心生惊喜。河岸的鲜花草树都春意浓浓，油然感觉胸中有清润的风吹过，惆怅忧愁都消散开去，春天的欢欣让疾病也减轻了。

双燕飞来对我啼，忽惊门外草萋萋。凭窗酒醉桃花水，观雨诗摇碧柳丝。　春恁早，信忒迟，常怀少小两依依。南风吹乱霜毛鬓，唯愿家山共此时。

和刘征老《送学会诸诗友江南采风》

2011年3月23日

学会组织江南采风,纪念建党九十周年。刘征老因年已耄耋,不能前往,望窗外芳春,感慨不已,吟成诗作送诸诗友。我也因其他原因不能前往。看了刘老的诗,兴而和之。

三月烟花韵最娇,西湖弱柳挽君腰。
吟诗泼墨惊八怪,醉酒濯足卧四桥。
梅岭高标兴古调,广陵遗响荡新潮。
江南今夜清清月,共我京华弄玉箫。

附:刘征诗

送学会诸诗友江南采风

乍染鹅黄庭柳梢,消寒春意日妖娆。
江南想渐花如锦,河上应能始放篙。
电视屏中看芳草,午休梦里踏青郊。
游观千里羡诸友,谢氏风流霞客豪。

思乡

2011 年 3 月 26 日

清明近了。家乡信来,麦苗绿了,天也暖了。原野里老母坟上青草又在眼前。心有伤感,人生无奈。哼成各句。

乡心无限对谁言,柳带依依泪水寒。
鬓发愁能今日少,人生月有几回圆。
梅抒义气随春老,雪落浮尘行路难。
酒后仍知身是客,凭窗遥看忆家山。

神交

2011 年 3 月 29 日

花开满眼,春气融融。歌舞漫漫,欢笑盈盈。那是生命的感动,那是造化的恩荣。与友交能无信乎,与诗咏能无诚乎。乃吟而记怀。

春来欢舞乐无穷,水是丹霞酒是情。
芳草桃花凝细露,香裙紫燕伴琴声。
胸涵大快堪长啸,气蕴清和几泪零。
检阅尘寰非泡影,繁星有意月临空。

鹧鸪天·上坟

2011年4月2日

狂风冷雨中来到青青原野里老母坟前，止不住泪水双流。我已六十人生，父老苦痛恍若昨日，多少悲酸无奈在心里，在这风中雨中和着泪水翻卷。乃词芜记我之伤怀也。

冷雨凄风不胜忧，寒鸦悲苦乱啁啾。荒坟春草连秋草，祭奠新愁续旧愁。　　人北走，水东流，潸潸一步一回头。他年我亦身衰后，再伴高堂梦里游。

清明

2011年4月4日

每到清明，跪在老母坟前，许多往事凝心。而今我已花甲，两鬓霜雪，惨淡悲辛，多少年后，我会身衰无奈，只有梦中相会老母。感慨有记。

归鸿晚照暮烟低，柳絮飞狂惹鬓丝，
春雨虽亲青冢草，幽魂未见老莱衣。
卅年客路思乡苦，几度沧桑笑我痴。
只有高天明月在，还听枝上夜莺啼。

伤春

2011 年 4 月 9 日

窗外是桃红柳绿的春天，玉渊潭里，踏青游园的人络绎不绝。远方的家乡麦苗已秀，父老都长眠在青青麦田里。人生许多感慨涌上心头。

桃花雨露草青青，碧水蓝烟入画屏。
柳蘸春风写惆怅，云书燕字诉清明。
稀星眺望流霞酒，圆月伤怀翡翠盅。
天上神难得素净，人间可叹是浮名。

南阳拜二月河有记

2011 年 4 月 16 日

来南阳古郡，受田将军永清政委之托，拜会二哥凌老师。走进卧龙区那个幽静的小院。二哥神采奕奕，气宇雍容。小院春光灿烂，绿意葱茏。牡丹正盛，月季争容。云杉耸翠盖，瓜架拥青藤。欢言把晤，意厚情浓。归来有记，涂抹以呈。

千里南阳万象春，山阴道上绿茵茵。
游鱼最爱清溪静，啼鸟偏求绿野深。
松柏高扬香露近，蓬蒿紧靠牡丹亲。
卧龙岗下折新柳，恰恰莺歌我赠君。

【注】
卧龙岗：在南阳卧龙区，诸葛旧庐，郭沫若题"诸葛草庐"匾额。有岳飞手书前后出师表碑。卧龙池边春柳柔波，一园凝重春风。

西江月·卧龙岗怀古

2011 年 4 月 16 日

南阳北卧伏牛，西临大巴，东望大别，乃古今胜地。卧龙岗更是人文精粹，历代备受尊崇。其有联云：孙曹固一世雄也何以吴宫魏殿转眼丘墟怎若此茅屋半间遥与磻溪而千古；将相岂先生志乎讵知羽扇纶巾终身军旅剩这些松涛满径如闻梁父之长吟。草木春花都沾灵气，感而系之，吟成以记。

魏武挥鞭横槊，诸葛羽扇纶巾。千军万马赴征尘，唯有长江滚滚。　　血泪真情两表，江山无奈三分。中华一统赖何人，莫负民族大任。

卧龙池

2011 年 4 月 17 日

昨日拜谒南阳卧龙岗武侯祠。卧龙岗始于魏晋，唐宋时期已闻名天下。武侯祠现有茅庐、古柏亭、卧龙池等景点，保存着汉以来历代碑刻，匾额楹联六百多（通）幅，最珍贵的是岳飞在此手书诸葛亮的前后《出师表》。卧龙池水，岸柳轻飏。繁花簇拥，坐岸临风。思而感慨，涂抹以记。

卧龙岗上卧龙池，碧水红鳞绿柳枝。
松柏葱茏人去后，桃花烂漫我来时。
三分无奈家国计，两表堪称将相师。
坐岸凝思心惨淡，风蚀雨渍字依稀。

南阳府衙

2011年4月18日

与高朋郭玉琨一起参观南阳旧府衙。此府衙是清代全国215个知府衙门中目前保存完整、规制完备的唯一府级官署衙门,其建筑有七百多年的历史。大堂悬明代旧额"公廉",即公正廉洁之意。堂前两侧有联:尔俸尔禄,民膏民脂;下民易虐,上天难欺。二堂有清末额"退思堂",取退而思过之意。堂前廊梁悬挂一木鱼。喻居官清廉、不受贿赂。堂前置一法鼓,古以击鼓升堂之用。

南宛花容府坻娇,堂前法鼓待谁敲?
柴门总比衙门小,明镜何如史镜高。
可叹悬鱼成旧事,堪悲受礼变新潮。
梁间紫燕三千岁,壁上规章二百条。

【注】

悬鱼,典出汉南阳太守羊续。汉中平三年,朝廷拜羊续为南阳太守。他清肃政风,平定叛乱,纠弊补偏,兴利除害,深得老百姓爱戴。郡丞送给他一条名贵的大活鱼。羊续十分为难,他想,如果不收,有可能扫了郡丞的面子,况且人家也是一片好意;如果收下呢,又怕别人知道后也来效仿。于是他将鱼收下,但他不吃也不送人,而是将那条鱼"悬于庭"。果然,郡丞认为羊续收了鱼,不久,又送鱼来。羊续便将他上次送来并悬挂于庭前的那条鱼指给郡丞看,以此谢绝了郡丞。郡中官吏都被他所慑服,再也不敢来送礼。百姓争相传颂他的事迹,打心眼里敬佩这位新来的太守。从此羊续就有了"悬鱼太守"的雅号,"悬鱼"便成了为官清廉的典故。

春雨

2011 年 4 月 21 日

　　细细软软的春雨，泅湿了花草树林，满眼都是鲜美的图画。燕子在雨中穿梭啁啾，五彩的雨伞在水边晃动。春的气息在心里翻卷着诗行。

　　桃花春雨玉渊潭，柳眼波酥水绿蓝。
　　草色绒绒铺翠幔，兰芽嫩嫩卧莺鸾。
　　天才描画皆新景，我欲吟诗忆故园。
　　千里云纱传喜事，无边榆麦酿丰年。

春雷

2011 年 4 月 22 日

　　中午下起雨来，有轻轻的雷声从遥远的天边响过来，令人惊喜，春的气息在心里滚动。窗前的白塔晶莹玉润，枝头的紫玉兰花似被雷声惊动，从枝头上抖落，点染嫩嫩芳草，细雨滋润着葱翠，滋润着人生，也滋润着乡愁。家山榆麦在眼，诗情画意凝心也。

　　兰花落地响惊雷，春老枝头第一回。
　　雨意随风清玉宇，云心有绪启柴扉。
　　家山惦念传微信，榆麦乡愁入酒杯。
　　千里参商痴梦苦，窗前杜宇断肠催。

人间

2011 年 4 月 27 日

下午的阳光里，徜徉在木樨河边。钓翁静静，专注鱼竿。水悠悠而流远，鸟啼韵而关关。世事喧嚣，叹阴晴之无序；云花散乱，思痴命以何堪。乃漫步吟哼诗意，叹浮尘腐物之腥膻也。

阎浮无处不尘嚣，天上瑶池浴凤毛。
绶带难舒人变小，衣冠可让磬折腰。
门前车马千般好，后院杂芜一片臊。
山野芳春花也净，和风暖眼我逍遥。

赠王福根教授

2011 年 4 月 29 日

请三〇一医院王福根教授治疗。王老的医道、温和、尽心、诚意，都使我如沐春风。感慨古先贤有良医、良相之喻，大医之标格风致亦是医家之良药，因惶惶记以感怀而赠之。

良医良相两昆仑，自古回春治世人。
满眼浮华皆幻影，身心康健是福根。

四月天

2011 年 4 月 30 日

四月春最好，柳嫩桃花老。微风飞紫燕，细雨洇芳草。牡丹倾国色，芍药香怀抱。翠润莺鸾舞，肥浓蜂蝶绕。婵娟浮玉碧，疏影柔窈窕。恰似一壶酒，未饮已醉倒。暂做蓬莱客，梦醒天已晓。荣谢均由序，炎凉皆有道。堂皇弹冠客，不过一只鸟。人生得意事，高怀无价宝。缘情乱抹涂，记我心神妙。

常忆尘生四月天，登山临水踏歌还。
风柔霞嫩红云暖，柳映波清绿玉蓝，
湿润兰花新雨后，恭迎紫燕旧门前。
年华一梦催人老，妒我童心唱鬓斑。

钓鱼台

2011 年 5 月 3 日

凭窗望钓鱼台在晚霞烟霭中，这里过去是帝王游赏的行宫，已有八百多年历史。金章宗皇帝在这里建台垂钓，始称皇帝钓鱼台。现在是专门接待来访国家元首、政府首脑以及世界知名人士的地方。

钓鱼台里无钓钩，万绿葱茏景色幽。
尽使臣凭鹦鹉嘴，皆元首住凤凰楼。
琼浆笑入高朋座，脂粉香通下水沟。
际会风云擒鹿手，家国盛世我何愁。

槐花

2011 年 5 月 6 日

一场春雨后,高高的刺槐树上淡绿花团满树,两只喜鹊飞来钻进枝叶浓密的树冠里,那里有它们的家,有幼雏叽叽喳喳的叫声,令人感动生命的喜悦。又忆及童年春天的槐花,伤感涌上心头。于是咏而记情也。

一树槐花淡淡香,蓝烟紫雾共穹苍。
求得福地星云露,沾染春风日月光。
喜鹊新窠亲幼子,狂蝶旧梦忆琼芳。
随心翻阅他年纪,却见乡愁五六章。

贺梁东先生八秩寿

2011 年 5 月 7 日

梁东先生,1932 年 5 月生于安徽省安庆市,著名书法家、作家、诗人。先生知识渊博,激情澎湃,语言优美,极富口才,抑扬顿挫极具魅力,是难得的大通才。但他低调做人,从不张扬。吾侪后学,涂抹祝先生寿。

盛唐湾里看春阳,芳草多情绿皖江。
尘世无边皆利场,文华可贺有诗狂。
怀中月照天河美,袖底风柔翰墨香。
骥尾随君学雅颂,梁公容我乱雌黄。

鹧鸪天·雨

2011年5月8日

一场雨在春末夏初来临，淋湿窗前万绿，远处轻烟缥缈，坐在岸边钓者静静，啁啾的燕子飞飞。浓浓的雨在心头，一湖明澈映入点点人影。有沉沉的诗句凝成，涂抹以记。

细雨微风草树湿，玉渊潭水碧依依。垂钩笑落青波底，飞燕闲穿绿柳丝。　　花落地，蕊成泥，琴声恰似语喊喊。凭窗远眺三千里，嵩岳阴晴我不知。

蝶恋花·柳岸

2011年5月12日

凭窗望河水悠悠，翠岸林荫里，闲散男女，优游其间，管弦讴哑，歌舞从容。凝思动客旅之情，杯酒摇乡愁之味。悲欣交并，遂涂抹以抒怀。

柳絮杨花都不见，水弄愁波，映透斜阳晚。翠岸歌飞双紫燕，裙翻霞彩春泥软。　　嵩岳风来帘未卷，暮霭香山，眺望纤云断。谁共乡愁开夜宴，一声杜宇芳樽满。

诉衷情·玉渊潭（三首）

2011 年 5 月 15 日

玉渊潭里，柳色融融。一河碧水，波浪清清。鲜花草树，杜宇飞莺。琴柔舞步，歌动云空。湖边漫想，惨淡人生。悲欢苦乐，雨纵云横。信笔涂抹，聊诉衷情。

（一）碧水

楼头眺望木樨河。鼓乐荡清波。明知水远天阔，老眼看琼阁。　　莺燕语，意如何，恁情多。阶前芳草，篱畔蔷薇，湖里双鹅。

（二）细雨

玉渊潭碧柳婀娜，烟雨沐新荷。胭脂嫩萼凝露，惹我费吟哦。　　花影瘦，梦魂多，泪婆娑。伤怀流景，咫尺天涯，一醉高歌。

（三）夜月

一湖月影半湖波，柳岸影绰约。眠鸭梦里春暖，雏燕闹香窠。　　情呓语，隐烟萝，醉云阖。露羞星眼，心荡狂澜，鹊躁天河。

枯柏

2011 年 5 月 18 日

月坛东侧路边一株只剩枝干的枯柏,有两人合抱,每每从它身旁走过,感慨良多。铁干老皮,骨硬铮铮,像伸向天空的手臂。岁月刻下深纹,多少风霜雷电,严寒酷雨,他张扬着不屈的灵魂。人们恭恭敬敬地为它做了精美的围栏,栏里种上鲜艳的花草。其不朽身姿,令人沉思。

铜声铁干耸虬枝,神韵高标壮士姿。
碧叶葱茏成记忆,苦心惨淡费忧思。
晨来霞彩烟云绕,夜有雄鹰瑞鸟栖。
万古情怀钟毓秀,留得劲骨好吟诗。

鹧鸪天·游园

2011 年 5 月 23 日

园开嫩夏,杨柳葱茏。红衰绿润,烟霭空蒙。鸳鸯嬉戏,紫燕叮咛。弦歌讴哑,舞步轻盈。风怀有意,鬓雪无情。心旌摇荡,弹键吟成。

春水幽林沐彩霞,香颜粉蕊乱蝶蛱。风柔万缕丝绦舞,露润千娇花底滑。　亲草芥,侣鱼虾,心痴蕾动看兰芽。销魂却是琵琶语,说尽相思叹鬓华。

满江红·思绪

2011年5月25日

中午，看到窗外飞来一对鸽子，一只白，一只花，双双落在阳台上，依偎在一起咕咕叫着，红红的喙相互吻着，真是可爱。这对甜蜜鸽子的一生比尘世间的人生更自由更温馨，喧嚣中的人们在它们面前应该惭愧。

云带新晴，芳草绿，融融似酒。忽忆起，杏花春雨，燕来时候。圆月金晖拂我手，廊桥玉露湿君袖。碧梧枝，莺语细如歌，良宵久。　　幽怀苦，三五后；斜阳晚，丹霞秀。伴柔条万缕，水香红藕。欲望仙园游翠岫，堪惜灯影摇烟柳。笑痴顽，白发赋情诗，愁颜瘦。

雨后

2011年5月26日

浓云中滚来低沉的雷声，一阵湿润的雨洗浴了繁花草树，雨停了，万里晴空，西半天暖霞飞动，浓绿鲜艳，花蕊凝露，风也更轻柔缠绵，烟霭朦胧在园林碧水上，雨后的一切都更青春绚烂。

风柔波浪带香流，翠袖轻歌舞步悠。
都市园悠人遛狗，田原麦秀雨淋牛。
蜂蝶也怕花难受，莺燕应知我忘忧。
欲问家国兴盛事，邮箱开后起乡愁。

贺许昌诗词学会成立

2011 年 5 月 28 日

莲城许昌是汉魏古都,三曹七子灿烂之地,魏晋风骨、建安诗韵都在这里发源。今天上午,许昌诗词学会成立,身临大会,感慨有赋。

万朵莲开万古魂,许昌诗韵又逢春。
建安风骨应犹在,我欲擎杯一壮吟。

西江月·许昌

2011 年 5 月 30 日

三国故地,妩媚莲城。千古形胜,毓秀钟灵。人文荟萃,霞蔚云蒸。和谐盛世,遍地英雄。诗兴歌舞,汉韵唐风。重张吟帜,烈烈云空。挥杯庆贺,记我由衷。

文运遥接汉魏,吟旌又舞许都。莲花竞放小西湖。满眼苍烟碧雾。　漫道三曹辞赋,回眸七子诗书。人民亿万绘新图。多少英魂骏骨。

六一

2011 年 6 月 1 日

今天是六一儿童节，电视里见温家宝总理和孩子们一起打篮球，穿着运动衣，奔跑在球场上，体育课结束，他也列队在学生中间。一群花朵儿童走进玉渊潭公园，歌声笑声一团，园里花鸟也和他们一起欢乐起来。心生许多感慨。

朝阳沐浴露凝脂，乳燕初飞岸柳低。
水动流波眉笑眼，花开湿润月肤肌。
琼林喜是闻啼鸟，芳草争来看舞姿。
洗耳童声情感泪，伤怀苦忆少年时。

沁园春·端午

2011 年 6 月 6 日

端午节。湖河碧水映着屈原的影子。看环球乱象，听鼓乐铿锵。厌尘污腐败，思才俊忠良。屈子千古，民族之光。感慨有记。

又到端阳，杯满雄黄，携艾佩兰。祭灵均水下，骚魂惨淡，思怀故里，遗志难圆。块垒凝胸，忧秦梦楚，独醒波涛永不眠。逢此日，对清流无语，拍遍栏杆。　榴花五月争妍，看鼓动龙舟裂管弦。喜潮头千尺，狂歌奋勇，笙簧万籁，彩练高悬。砺带山河，珍惜盛世，泰岱铜驼何壮观。人未醉，郢悲歌一曲，仰望云端。

满江红·雷雨

2011年6月7日

傍晚下起大雨,雷声滚来,清凉送来,西半天晴丽,云堆壮观,映得浓云翻滚,京城楼宇都在晚霞照耀中闪亮。昨天是端午节,这清凉壮观的雨,是屈平老先生的泪吗?千古华夏为一人祭,独屈原无二,他的死让无数人铭记,让民族铭记。

伫立楼头,听雷动,风来万里。王母浴,潮翻浪卷,瑶池漫溢。沙场连营驰战马,烟山云壑飞雄鹜。洗腥膻,酣畅大乾坤,霓虹丽。　　忽忆起,潇湘雨;芝兰佩,琼芳饰。舞荷衣哀郢,冰怀凝璧。块垒难消千古恨,青襟堪作垂天翼。玉渊潭,谁坐钓鱼台,调香饵。

满江红·喜雨

2011年6月11日

下午一阵雷声滚动,我凝望窗外,胸中也翻滚着剧烈的波涛。这天雷碧水来自仙界瑶池,是为我人生的幸运洗礼吗?我的悲哀和喜悦都和着殷雷紫电从我的胸臆间奔涌着。大雨洗浴了京城,天空云霞斑斓,阳光更灿烂,空气更清新,心也为之大爽。有朋自家乡来,叙谈畅快。有感而记。

美酒蟾宫，倾盆泻，云堆光映。慑魂魄，雨欢风喜，虎吟神咏。天界人皆龙凤子，尘寰谁是麒麟种。是际会，万象舞蓬台，繁华景。　　琴鼓乐，楼台动；莺歌晚，雌霓送。忆家乡水好，月香双镜。春恨春情非幻影，花荣花老惊残梦。眼空蒙，相望对斜阳，归思重。

雨后

2011 年 6 月 16 日

一场雨后，清凉宜人。玉渊潭里一片葱茏，河水也清明多了。院篱上的花朵更加鲜美，芳草湿润萋萋令人感动。

淑气瑶光碧柳烟，云霞散落玉渊潭。
清波雏燕含情舞，翠盖新荷带雨妍。
对景常生方外趣，临席怕做酒中仙。
廊桥漫步无尘事，你看斜阳我看山。

西江月·读长诗《老照片》有怀

2011 年 6 月 18 日

李一信先生长诗《老照片》，是一坛老酒女儿红。人生的记忆忧伤着甜蜜，爱恋的酸辛噬咬着魂灵。倩影朦胧着青涩，惊鸿凄婉着悲声。不是每一朵花开都会结果，只有多情的芳草满眼葱茏。千万缕相思留在心底，淡淡的幽香伴随着生命的旅程。不忍掩卷，有泪如倾。吟而记之。

圆月魂销万古，痴情酒醉一壶。芳华春水已萧疏。残雪梅花老树。　　过处惊鸿暗想，云中杜宇啼哭。人生难写断肠书。忍看池塘双鹭。

读柳永传

2011 年 6 月 22 日

是谁成就了柳永词的高峰？是宋仁宗，他认为柳永只能去填词。从此，柳永便以"奉旨填词柳三变"的广告走遍天下，写遍天下，歌遍天下，有井水处有柳词，也因此使他成为中华词坛上词调双星的巨匠。

临风吟啸羡耆卿，奉旨填词第一名。
偎翠依红秋夜月，浅斟低唱雨霖铃。
瑶池凤不来天外，尘世人都在梦中。
千古英才君莫悔，而今粪土是仁宗。

和李文朝《贺鹏飞张涵喜结良缘》

2011年6月28日

莺燕桃夭欢喜，蒹葭秋水兴浓。并蒂花好，看莲池水净；芝兰蕊润，沐雨露风清。贺红丝琴瑟之好，颂鸿福双鲤之情。有歌以祝。

瑶台芳草吐新芽，鹏翼风涵玉树花。
圆月仙蟾摇桂影，痴星羞眼看烟霞。
泉城水韵连千古，虎帐琴声感万家。
桃李瓜瓞王母宴，人间鸳侣爱无涯。

鹧鸪天·读《水流云在》有怀

2011年6月30日

艾萍新著，《水流云在》。沙澧清波，甘滋芳艾。满眼斑斓，文如玉籁。岁月风烟，心遗垒块。多难家国，痴心不改。秀秀一川，情殇绝代。世事清浊，人生五彩。掩卷凝思，拍栏感慨。千里鹧鸪，啼成泪海。有词抒怀。

水动云心浪不平，何堪回首忆峥嵘。登高眺望嵩山远，掩卷伤怀悟境通。　风软软，雨融融，一川锦绣画图空。浮生苦是多情泪，无奈常流在梦中。

两度玉兰

           2011 年 7 月 1 日

  一场清新雨后,云光斑斓缠绵。门前玉兰,二度娇容鲜嫩;柳下莺飞,几多结伴缠绵。芳草萋萋而湿润,蜂蝶恋恋而流连。乃心生妙趣,歌而有记也。

  清风烟雨带香来,紫玉兰花两度开。
  露润娇容妖翡翠,霞柔嫩蕊孕琼胎。
  融通妙理皈一性,撩动情思梦九垓。
  造化无私天有意,吾侪门外是蓬莱。

沁园春·沉思

           2011 年 7 月 7 日

  雨后的清风宜人,傍晚云霞灿烂。我的腰痛几不能忍,却因忙碌而不能静养。蹒跚河边,在清风霞彩里神思凝想。不知所云,涂抹以记。

  云动飞楼,水映青天,看尽夕阳。见苍鹰孤影,霞绸乱絮。栖乌并翅,软浪轻扬。草树听歌,芳菲拥翠,弥漫岚烟雾缕长。残照里,我蹒跚蹀躞,思虑徊徨。 尘身未梦高唐,也沐浴晨风夜露凉。颂骚魂九辨,诗怀赋韵。神游万派,襟抱沧桑。岁月无穷,生途短暂,浊世谁识玉骨香。人有病,却忙忙碌碌,剪尽衷肠。

满江红·世事

2011 年 7 月 9 日

静卧，看书。眼下环球，真乃乱象。观史思今，心有惊骇。秦皇一霸，六国可叹。大宋是当时全球盛世，徽钦二帝想不到自己作为俘虏跋涉七千里到阿城行跪拜牵羊礼。苏联一夜间覆没，齐氏饮弹身亡，柏林墙訇然倒下，萨氏项上绳索，眼下利比亚乱象重重。真不知下一个该是何国何人，吟而记之。

一点环球，争霸业，春秋气象。腥血事，金戈铁马，铸成权杖。周礼难谐合纵曲，秦皇狂卷连横浪。叹诸侯，弱肉被强食，家国丧。　　谁之过，民凄怆！谁来算，安危账。看浮华满眼，铜驼无恙。玉阙龙楼香殿里，歌弦曼舞红尘幛。梦醒时，饥饿忆黄粱，悲何状。

梦游

2011年7月13日

昨夜失眠,苦不堪挨。凌晨匆匆一梦,沐浴湘楚秦淮。感慨三千里,真情入梦来。太行湘水远,高义动情怀。叹人生如寄,看满眼蒿莱。幸是飘渺空梦,与君月下徘徊。无奈尘身梦醒,不见桃红李白。匆匆援笔以记,不觉泪满枯腮。

千里怀人月不孤,湘娥泪满洞庭湖。
仙鸾好梦托青鸟,瑶瑟弦歌绕碧梧。
灵壑寻幽牵素手,繁花饮露卧蓬屋。
朦胧耳畔莺啼早,缭乱窗前凤尾竹。

浮屠

2011年7月18日

朦胧又见浮屠,风轻云淡,一湖乳润,芳草浓密,鲜花如燃,让人感动。凝眸一片鲜美,觉人生幸运,更觉人生珍贵。有句以记。

风来对岸卧浮屠,草树楼台翡翠湖。
柳爱帘裙摇碧影,荷明水乳浴红姝。
缠绵香雾空即色,惆怅烟尘有亦无。
莺动梵铃疑唤我,清音湿润月魂孤。

闲观

2011 年 7 月 20 日

清凉凉天气,有湿润的风徐来。我站在桥栏上沐浴这夏日难得的清润,芳草碧水葱茏,篱花兰蕊呈娇。更有长歌琴韵,激扬情致诗骚。闲观造化新美,乡愁搅我心潮。无端有绪,几欲长啸。

耳畔莺歌韵律柔,闲观物理趣悠悠。
含羞草眼含羞涩,向日葵心向日求。
小路香泥垂柳岸,薰风燕舞钓鱼钩。
玉渊潭外长河水,几缕清波为我流。

鹧鸪天·雨荷

2011 年 7 月 23 日

一池荷花绽放,细雨雾丝中朦胧着粉润淡雅。芙蓉美丽湿润,芳草浓郁多情。池边人倩影灵动,伞花映碧。杨柳梢头,蝉嘶如缕,惨淡深幽之绪油然。

细雨荷花雾缕红,珠凝碧叶露晶莹。临池倩影平波静,着彩裙裾柳带疯。　回首处,画图空,一怀惆怅忆人生。相逢莫问愁滋味,客路乡思处处同。

病卧有怀

2011 年 7 月 27 日

北海南湖的荷花开放，仆因病倒，不得观赏。闭目凝思，一湖清润，满眼娇红。图画美景，栩栩如生。露花泡影，曼妙朦胧。往事已矣，感慨人生。有怀以记。

南湖月下有情风，烟缕含香笑语轻。
柳带裙摇莺梦浅，荷花露润醉颜浓。
琴声娇软梵铃动，翠影横斜水面空。
暗忆当年携手处，依稀浊眼见芳容。

满江红·与友

2011 年 7 月 31 日

胜友多日不见，推杯把手抒怀。谈及尘风世事，一觞一叹悲哀。万古江山依旧，何堪骨朽神衰。秋月春花无限，青丝何日愁白。默默有记，何苦来哉！

无限江山，楼台小，天高地厚。家国意，肝膈罄吐，月将日就。玉露晨星花气软，明霞雾缕烟光秀。此情深，恰是月清圆，常相守。　　篱边草，随物候；衣带水，东流走。幸痴怀醉魄，我和君有。哂笑青襟身骨瘦，何堪冰镜霜毛旧。千古事，长啸一挥杯，风吹袖。

观棋

2011 年 8 月 3 日

玉渊潭边林下,老者弈兴正浓。喝呼狂放,棋子叮叮。清风徐来,歌管琴声。繁花草树,波静渔翁。我坐林荫长椅,看晚霞沐浴人生。有句以记。

楸枰万古是黑白,人世今生有顺乖。
眼底盈虚凭圣御,局终胜败赖天裁。
洪讴也怕惊神鸟,新咏偏求上玉台。
晚照烟尘山野道,闲观却误砍薪柴。

玉渊潭荷花

2011 年 8 月 6 日

清凉的风习来,荷香弥漫,蜂痴蝶舞,在幽幽的琴声里,在激越的歌声里。这图画一样的美景在心里酝酿,人生许多相遇都是偶然,就像这绽开的花蕊映入你的眼帘。诗的情愫在荷花的清香里弥漫开来,在乐舞的鼓点声中吟成。

芙蓉醉透玉渊潭,翡翠裙珠碧露圆。
无赖蜂嘬娇面粉,多情蝶吻蕊丝甜。
芦荻风动鸳鸯浴,芳草莺飞锦瑟闲。
惆怅黄昏听细雨,曲终人散我茫然。

立秋紫玉兰

2011 年 8 月 8 日

　　立秋之日，又是八月八，嘉瑞吉祥。门外两树紫玉兰仍次第盛开，艳艳在秋阳下。芳娇百日，含章洁美，秋风为之温柔，秋月为之增辉，心神摇荡，眷恋情深。秋兮秋兮，将如兰何。感慨有记。

　　高秋雨露洗芳兰，艳艳娇容亦可怜。
　　碧水渔竿湿老柳，清风碧叶掩金蝉。
　　天穹飞鸟白云暖，瑶草落英红蕊寒。
　　何日君来随我愿，冰怀紫玉月常圆。

无题有怀

2011 年 8 月 13 日

　　晚照如锦，秋来初嫩。荷老风轻，花新水润。莺语高枝，燕叽梁榱。烟绕浮屠，香流青鬓。画栋歌幽，亭堂舞劲。对月抒情，吟诗解闷。

　　斜阳岸柳雾纱红，闲散人来步履轻。
　　月落清池双影静，星沾荷露九天空。
　　烟环佛塔尘心动，莺语高槐韵味浓。
　　曲尽林幽花入梦，弯弯流水总朝东。

中元节有怀

2011 年 8 月 14 日

　　中元节其实是儒道佛共有的节日。汉人叫中元节,道教称中元地官节,佛教称为盂兰节。佛教这个节日的含义源于《大藏经》中记载的目莲救母故事,佛教徒每年都举行盛大的"盂兰盆会"。窗外柳梢蝉鸣凄凄,知是秋天来了,有令人哀伤的情结。

　　　　蝉吟断续诉情怀,却怕中元鬼魅来。
　　　　噩梦凄风吹地府,兰盆肴馔奉神台。
　　　　堪悲故土飞乌老,莫使荒坟碧草衰。
　　　　杨柳啼莺一树绿,云花笑我满头白。

金秋

2011 年 8 月 18 日

　　闲悠河畔,知杨柳风来淡淡;伫立桥头,叹人生短似飞梭。莺鸟翻飞,啼枝上娇花嫩蕊;尘身老迈,羡林中曼舞轻歌。归来有感以记,命运真难琢磨也。

　　　　忽惊物候到金秋,云自悠悠水自流。
　　　　紫燕巢空人下泪,红莲裙老我生愁。
　　　　风情舞浪形骸外,雅颂歌翻酒案头。
　　　　对景堪吟尘世静,随君远眺九层楼。

乡愁

2011 年 8 月 22 日

离家四十余年，而今鬓老清秋。感芳草湿润，对河水悠悠。望云中飞燕，羡波上鸳鸥。问情归何处，愧痴梦难求。忆遥遥故地，生淡淡乡愁。吟而记之。

水映清秋淡淡风，心旌摇荡四时同。
东楼有月西楼满，镜外无尘镜里空。
荠菜牛羊蒲苇盛，菊兰榆麦柳笛清。
抬头总羡云边燕，鸟瞰嵩山落日红。

苦雨

2011 年 8 月 26 日

凌晨五时许，朦胧似在梦中，森森然有飞沙惊石之声，继而剥剥簌簌，身若飘摇，耳似虫嘶。野马奔腾，乱鸟剥啄。突然，电闪青霜穿透窗纱，映蓝卧榻，呼喇喇霹雳震裂环宇。坤轴动而楼摇，狂飙起而涛卷。殷雷连作，电闪随形。今日何日，今夕何夕！何苍天裂我胸腹，动我情怀也。梦里见到老母，想到老母忌日，惶惶在卧，泪湿枕上，凝句于心，匆匆援笔以记。

我本幽燕一草虫，春吟秋至漯河东。
胸怀愧泪随年满，鬓雪浮尘和雨浓。
游子愁因三寿苦，痴人梦是两头空。
山中远志难疗病，只有乡情祭祖茔。

【注】

三寿：泛指高寿人。

远志，中药，又名小草，细草，产于山中。

西江月·遥思

2011年8月28日

老母忌日。2007年8月28日老母仙逝。哀哉痛哉！遥思茫茫秋野，老母坟茔上秋草，几位兄弟为老母祭奠，我因腰病不能成行。卧床凝思，胸中有苦恨赧颜，止不住泪流枕上。吟成苦句以记。

千里秋风故地，一池水墨浮萍。魂飞乡野祭亲情。病卧伤怀泪涌。　　只有坟头青草，年年春雨蒙茸。杯中浊酒对苍冥。归燕应知我梦。

满江红·战乱

2011 年 8 月 31 日

一场血与火的战争,炸弹炸毁了卡扎菲的皇权梦,反对派取而代之,卡扎菲倒台,新政权登台。政治真如翻覆雨,艰难恰是老百姓。感慨有记。

玉宇无垠,环球小,阴风酷冷。争利禄,掠杀屠戮,刀光剑影。子弹惊飞宫殿鸟,战车辗碎王权梦。溅血腥,御榻染硝烟,悲何痛。　　人虫恶,虎狼种;蝨贼喜,强梁颂。最堪怜恰是,万千民众。政治真如翻覆雨,石油哪有钢枪硬。卡扎菲,胜败为什么?谁与共?

梦里泰山

2011 年 9 月 2 日

昨晚一梦,飘飘乎来到泰山,烟霭云雾漫步极顶,海浪崩琼溅玉,峰峦浴翠翻绿,鱼龙腾越,有古今人等歌舞。星月朗天,见婵娟桂影徘徊。醒来有记。

良宵一梦泰山游,腾越登临老泪流。
峻逸峰峦收眼底,苍茫东海到心头。
星河浪卷吴刚酒,月露光分桂影秋。
我到南天无重礼,玉皇顶上苦吟讴。

满江红·欧战有感

2011年9月3日

卡扎菲灭亡了，一个政权天地翻覆。只有无穷的利益驱动。这是一个罪恶的世界，这是一个悲惨的世界，这是一个拳头说了算的世界。胜败兴衰，国家社稷，都要深思熟虑。

满眼烟尘，楼头望，地中海岸。云雾重，惊沙乌躁，杜鹃声惨。娇柳妖桃春有限，龙廷玉阙风不断。浪潮翻，烽火带腥膻，揭天卷。　　谁能系，夕阳缆。大树倒，猢狲散。叹残星明灭，夜莺啼乱。霸主欺凌兵血溅，独夫遗恨瑶杯浅。众英杰，且莫太猖狂，前车鉴。

会友

2011年9月7日

晚上六时半，在雅轩温故厅与诸多战友聚会。中秋将近，圆月有待，欢声与情意交织，笑语与美酒缠绵，令人感慨岁月流逝，韶光珍贵。归来感慨有记。

楼头秋月未圆时，把手倾杯问故知。
记忆常温心底梦，年光已换鬓边丝。
诸君才俊皆言志，唯我闲人爱赋诗。
醉看篱花含露老，玉渊潭畔夜莺啼。

鹧鸪天·白露

2011年9月8日

白露节气,细雨缠绵。夜来秋露,已送微寒。风清凉而嫩润,云舒卷而斑斓。草树篱花,浓浓诗意,莺声柳带,淡淡岚烟。想起了《诗经》里的诗句:"蒹葭苍苍,白露为霜。所谓伊人,在水一方。"心何以堪,涂抹记之。

秋色清明入我怀,高云碧水少尘埃。夕阳燕过桓温柳,秋雨乌啼庾信槐。　荷已老,露凝白,竹摇影动月徘徊。天公不是无情种,常教菊花鬓上开。

中秋(二首)

2011年9月12日

门前的紫玉兰在中秋清风里仍然绽开着艳艳花朵,给这情意浓浓的节日增添了无尽的诗绪。秋色无情,风清而含露冷;秋兰有意,蕊嫩而馥香浓。秋者愁也,对飘金而积恨;人者命也,应散淡而从容。乃观花而放浪,对景而吟哼也。

(一)

又是中秋圆月时,清光万里起相思。
吴刚酒醉金蟾影,紫玉兰开碧树枝。
露落繁星湿鬓发,灯摇仙女舞腰肢。
婵娟也梦人间好,伴我湖边理钓丝。

（二）

中秋月照玉兰娇，碧叶含烟蕊未凋。
影动幽魂香淡淡，红湿腻露静悄悄。
情迷尘世三千界，眼望银河万里桥。
芳草蛩音催我梦，吴刚劝酒醉琼瑶。

满江红·九一八事变日感怀

2011年9月18日

今天是九一八事变80周年。1931年9月18日晚10时许，日本关东军在沈阳北大营制造"柳条湖事件"。这就是震惊中外的九一八事变。家国之苦难，社稷之峥嵘，百年风雨，都到心头。思而记词章也。

烽火硝烟，都去了，八十岁月。惊回首，故国城坏，恨崩龈血。鼙鼓催发人奋起，青山摇动星明灭。二百州，卧榻虎狼来，逞威虐。　　风云怒，汉家阙；雄狮醒，吼声烈。看卢沟桥畔，大刀飞雪。霹雳惊雷天宇裂，狂飙带雨关河越。到而今，盛世愿和谐，肝肠热。

鹧鸪天·秋分紫玉兰

2011年9月23日

门前草坪里,两株紫玉兰。秋风吹蕊破,香幽散满园。莫怨兰开晚,堪怜紫玉颜。风含秋月苦,雨沐碧水寒。白露垂珠老,白云照影闲。花呈娇有泪,叶展翠而鲜。观赏星稀后,烟香明镜前。高标应有记,惶惶我羞惭。故有句。

绿水白云紫玉兰,娇容不惧嫩秋寒。良宵露腻清清月,霞彩曦柔淡淡烟。　红萼瘦,有谁怜,金风无奈夜阑珊。门前有此瑶池树,惹我情思美梦酣。

鹧鸪天·评选百年辛亥诗

2011年9月27日

野草书画院,窗前繁花草树,孔雀枝上娴雅,鸽哨悠悠檐间。看石榴枝老,菊花蕊嫩;听轻吟默诵,丝管竹弦。有诗书浸润,赏翰墨斑斓。终评辛亥革命百年诗联大赛作品,上将周克玉老首长致辞。沉浸在壮美诗意的海洋里,百年风雨沐浴心田。归来感慨有记。

孔雀裙开绿树枝,黄花莫笑鬓边稀。高朋腻酒青莲意,骚客狂吟武穆词。　辛亥事,意难摘。阋墙兄弟百年思。一泓峡海盈盈水,和泪书成两地诗。

鹧鸪天·与友

2011 年 10 月 1 日

十年老友相见,四目难寻青丝。人生多少无奈,杯摇淡酒唏嘘。回首蹉跎岁月,尘沙脚印清晰。忽闻耳畔琴曲,高山流水依依。

契阔十年世事殊,相逢把手欲狂呼。难求锦帽钱偏少,剩有诗魂道不孤。　霜作絮,露成珠,身犹老树鬓先枯。高秋饮罢菊花酒,共赏夕阳晚照图。

秋菊

2011 年 10 月 3 日

秋风里的菊花在草丛里娇艳鲜美,秋水碧绿,润润韶光,河岸边老柳在风中漫舞,钓者在水边悠然。

秋风秋水戏青鸭,十月韶阳暖物华。
世纪坛边多草树,玉渊潭底尽泥沙。
零星皤鬓沾晨露,恬淡尘襟染落霞。
独立苍茫人已老,菊花开罢是梅花。

沁园春·辛卯重阳

2011年10月5日

农历九月初九重阳节是老人节。如今我也是老人了。沧桑尘世涌到心头。

晚照昏黄,老柳残红,篱上菊香。看长河一碧,游鱼戏浪,长天万里,云卷悠扬。芳草烟含,琼林影乱,耳畔琴音润我肠。兰已谢,送南飞紫燕,羽带斜阳。　　喧嚣尘世茫茫,沐千古人文日月光。笑肝膈清润,临风骚雅,杯凝豪气,墨带疏狂。好梦难求,韶华易逝,谁见王乔驾鹤翔。凭窗久,望中原故土,几度秋凉。

秋色

2011年10月10日

傍晚的霞彩涂在河面,波光粼粼锦绣,岸上的柳树翻着金色的柔美。我站在桥头凭栏看金秋里灿烂温馨的图画,感动人生的庆幸,感动灵魂沐浴尘世上的华彩多情。

万里秋怀一碧空,丹霞枫叶暮云平。
新星有意迎归鸟,夜露无心泣落英。
肺腑清因山水净,心神乱是土尘腥。
莺声却唱菊花好,杯酒频催翰墨浓。

鹧鸪天·命数

2011 年 10 月 18 日

战友突然去世，微笑着的戎装照，恍如生日，灵台上是深秋里洁白的菊花。修短随化，终期于尽，古人云：死生亦大矣，岂不痛哉。有感而记。

木叶逢秋苦煞人，风丝愁绪送离魂。篱花落尽尘迷眼，杯酒才倾泪入唇。　　天命短，梦泽深，残星细月冷轻云。银菊蕊秀窗前草，华发烟含故里春。

大冶道中

2011 年 10 月 21 日

武昌下车赶往大冶。8 时，车窗上朦胧，太阳从云雾中隐约，像金色的月圆圆，悠悠云边，涂染斑斓的霞彩。山茶花相片片白云，秋蝉在林梢上鸣。枫叶像燃烧的火炬在万绿葱茏中闪耀。

身披霞彩到瑶池，王母姮娥共酒卮。
天上乔仙思弄玉，人间古楚诵新诗。
一湖碧水黄金月，万朵铜花翡翠衣。
梦醒灵乡灵秀地，青山红叶鸟清啼。

【注】
铜花，铜草花之谓。

大冶

2011 年 10 月 22 日

晨来清风习习,祥鸟在山野里,在山茶花丛中歌唱。大冶市荣获诗词之乡称号,成为古冶都一道文化风景。感慨有记。

燕客神游古冶都,诗情兑酒满金湖。
林悠鸟语轻含脆,雾绕茶花有似无。
西塞青山留故垒,灵乡紫气绘新图。
君吟雅韵惊黄鹤,文翰高才我不如。

大冶铜草花

2011 年 10 月 26 日

铜草花,草也,花也,草色繁荣,花弄清香,其性一也。登大冶铜炉山,看细雨中万古铜花绽放,凝思似见周王拈铜草花而微笑,芈熊因铜草花而立国,毛泽东为强国而问铜草花。感而有记。

铜草花开万古香,一枝一叶记沧桑。
钟鸣韵带周秦月,鼎沸烟含楚鄂霜。
重甲刀环为鏖战,金钗宝镜对凄凉。
清清蕊露劳工泪,依旧晨昏沐艳阳。

首届古体诗词论坛有感

2011年10月30日

一百年来，中华传统诗词被边缘，被排斥，十七届六中全会召开，标志着我们这个民族对一百年中华文化的反思，才有这论坛的第一次。感而有记。

明堂大吕奏黄钟，千古诗怀韵味浓。
情注屈骚兴楚调，心随李杜起唐风。
神蛇去后灵均少，彩凤飞时喜泪红。
满眼霞开新雨后，长歌浩荡九州同。

建福宫里咏兰亭

2011年11月4日

晚上，"紫禁墨存兰亭今咏"中华传统诗词大奖赛颁奖典礼在故宫博物院建福宫举行。紫禁良夜，翰墨流香。一觞一咏，搅动诗肠。文骋一序，情寄八荒。家国盛世，文运康庄。归来有记，诗意绵长。

造化推移万象新，心融物理总觉亲。
今宵紫禁兴文翰，千古兰亭忆故人。
虎卧雄强飙凤阙，龙腾秀逸跃天门。
右军若是重回首，喜看神州盛世春。

【注】
古人评王右军书法：字势雄逸，如龙跳天门，虎卧凤阙。

鹧鸪天·秋思

2011 年 11 月 6 日

农历十月十一，好天气，好日子。携王文星在真武饭店诉衷情厅午餐畅叙。知我辈之人生惨淡，有悲愁苦痛之思。含泪之杯可满，多情之笔迟疑。回首往事，都是散乱之诗也。乃吟而记之。

叶上秋声也是诗，菊花清浅伴莺啼。微云漫绕梧桐树，细露缠绵老柳丝。　　思旧梦，谱新词，倾杯欲醉步参差。峥嵘客路八千里，甘苦人生味自知。

步彩霞诗韵

2011 年 11 月 12 日

诗家宋彩霞发来《居莲花池步东坡原韵》诗：朝花夕拾是吾身，幸有莲花作近邻。一枕流波亲切切，孤阶晓日太真真。从来报与明凌月，毕竟追求大写人。且向高楼常瞩目，还将水墨证前因。居伴莲池，芳园春水，芙蓉香远，人间仙境。乃步韵和之。

恰是莲池印月身，花开九品与德邻。
吾临秽土慈航远，君对芳华妙性真。
浊酒三杯窗外水，彩霞一抹画中人。
秋风木叶纷纷下，尘世悲欢必有因。

读林锡彬先生《不解集》

2011年11月14日

深圳林锡彬先生寄来新著《不解集》，得益匪浅，深深感叹。贤兄于色也温，于气也清，于声也和，身润德养，笔耒墨耘，诗文大雅，是我榜样，改正景而仰之。涂抹一律，贤兄一哂。

谁解锡彬《不解集》，击节吟罢叹神奇。
花荫淡抹青鸭水，燕影轻描绿柳丝。
翰墨是情诗是酒，春风如缕露如脂。
方来南海竹林秀，总忆京华老眼湿。

【注】
方来、竹林，方来是林锡彬先生诗集使用的名字；"竹林"是为林锡彬和诗的"竹夫、林越"二位作者。

鹧鸪天·纽约诗词学会梅振才会长来访

2011年11月17日

纽约诗词学会会长梅振才先生一行四人来访。梅先生讲述了海外中华诗词文化有关情况。早期离开故土来到纽约的华人，也把浸润故土血脉的诗词文化带到了海外，留下了许多记录世事沧桑的诗章。

汉月无私照纽约，诗航词海舞灵蛇。当年苦路怀乡土，眼底金声振玉珏。　情意重，韵奇崛，梅公吟诵我击节。痴心何惧重洋远，文脉绵延永不绝。

秋老

2011 年 11 月 19 日

一个好天气，好日子。吴玉芳女儿何东阳、女婿柳玉群婚礼，在国际会展中心三层宴会厅。河边草坪里，落满了金黄色的银杏叶子，春天的芳草已经枯萎，只有湿润的菊花呈娇弄艳。高秋的景致令人畅想而感动。乃吟歌以记秋怀。

满地铺金草树寒，菊花水碧起微澜。
人生苦矣谁无憾，岁月稠耶我有难。
衰鬓唯求情作伴，歪诗总与酒结缘。
秋来风老常高卧，梦醒朦胧是暮年。

鹧鸪天·寒菊

2011 年 11 月 22 日

天极冷。路边菊花湿润着霜寒，在这干涩的冷风里，有春的气息氤氲，匆匆行人投下欣喜的目光，为这有风骨的花神，可以歌而颂之。

竹外菊花孕紫黄，霜丝犹带嫩寒香。临风吟咏成新曲，对案抒怀忆旧章。　书意韵，赋清狂，陶杯深浅细思量。痴情欲醉瑶台酒，望月魂销入梦乡。

和仁德兄《桂林夜游》

2011 年 11 月 26 日

重庆陈公仁德兄短信发来《桂林夜游》诗：夜来湖上满清风，风岸长桥接碧空。绿树迷离烟水外，彩灯明灭阁楼中。入眼奇花疑梦幻，回头画舫已朦胧。宵深寻路旗亭去，一醉苍颜似酒红。击节吟赏，步后尘以涂抹，聊博大方一笑。

随君沐浴桂林风，杯满良宵月满空。
皤鬓多情尘世里，婵娟无奈紫云中。
朝天门外多词客，江岸花前有醉翁。
千里吟诗巴蜀调，怀思把手泪珠红。

西江月·舞乐

2011 年 11 月 28 日

几颗星眼在墨蓝色天空里，我站在河边，听对岸林中缠绵的乐曲，朦胧看那摇曳的舞者，橘色暖暖的灯光沐浴着我，耳畔有温柔的声音从天边传来，让喧嚣的夜，没有了寒冷，却感到心灵的清澈透明。

梦里桃花乱落，朦胧舞步轻摇。一湾秋水映娇娆。莺语缠绵窃笑。　　醉意不关酒兴，骋怀切韵笙箫。星星鬓上汗春潮。无奈婵娟变老。

西江月·雪

2011 年 12 月 2 日

细细的雪霰飘扬,空气湿润润的,长河翡翠一般透明,柳上缕缕银丝,草坪里一层细盐软软。窗前的蝴蝶兰仍然开放娇艳,温热而湿润着的花蕊在寒雪里。

恰似瑶池粉屑,分明玉女银妆。烟横风绪碧波凉。一点新红绽放。　　独自凭栏眺望,天涯故里愁肠。寒泉冷落雾茫茫。我欲折梅慢唱。

大雪无雪

2011 年 12 月 7 日

农历十一月十三,大雪节气,蓝天万里无云,云霞温暖而灿烂。几点归鸦在老榆树梢头飞旋,乐声从树林里传来。驻足凝望这初冬轻寒里的图画,有感而吟成各句。

斜阳普照翠波平,草树寒烟画柳红。
浊眼菊丛思故里,尘心云外望归鸿。
廊桥记忆青春客,羁旅煎熬白发翁。
酒过三巡知味苦,琴操一曲韵流空。

与友

2011 年 12 月 9 日

傍晚与诗友小聚，霞彩涂染白塔，一片祥和景致。恰是蓝天清润，三五圆月涂银。情浓酒烈，杯满诗香。友谊何其珍贵，感而有记。

晚照琼杯暖小楼，杯中诗兴共君游。
稀疏白发羞脱帽，满腹清词可解愁。
江水岚光青似玉，云丝春雨润如油。
相逢恰遇团栾月，尘世无缘不聚头。

月全食（二首）

2011 年 12 月 10 日

今天是农历十一月十六，晚上八点多，湛湛蓝莹的天空里，月食的景象清晰，嫦娥"羞红脸"，橙红的高挂在天空，仿佛嫦娥舒袖，"红纱"掩映。月全食的"红月亮"持续时间约 51 分钟。这是人生仅遇的造化奇观，因有诗而记之。

（一）月亏盈

嫦娥一夜演亏盈，慢把红纱掩玉容。
酒醉娇姿情意重，烟晕媚态露脂浓。
良缘岂是年年有，爱恋实难路路通。
无奈清晨君去后，不知何处再相逢。

（二）红月亮

此夜婵娟醉脸红，销魂蚀骨到黎明。
疏狂谁共千杯酒，凝睇人思万里空。
喜泪娇含天上露，悲怀苦恨晚来风。
寒烟立尽清潭水，耳畔微闻断雁声。

中华诗词研究院门前有叹

2011 年 12 月 12 日

因事到中华诗词研究院。此地100年前是比利时大使馆。一百年沧桑变幻，中华文化再度复兴，才有中华诗词研究院的成立，才有百万诗词家们的尽情歌诗赋颂。世事沧桑，感慨系之，哼成此诗。

残花风雨百年诗，盛世春来着嫩枝。
牙板节合将进酒，丝弦韵切鹧鸪词。
八千岁月文相继，一脉炎黄道不移。
金水桥边兴雅颂，新声万里响云霓。

鹧鸪天·钓鱼台芳菲苑（二首）

2011 年 12 月 16 日

芳菲苑临水而建，雕梁画栋，富丽堂皇，瑰丽雍容。天鹅优雅的身影映在水中，松柏杨柳掩映亭台屋宇。繁花碧水，廊桥石径，涟漪荡漾，幽雅祥和。真人间仙境。归来有记。

（一）

霞彩阳春草树红，芳菲苑外月溶溶。风梳杨柳依琴韵，水润泉石伴老藤。　新馆舍，旧行宫，瑶池雅乐诵国风。清波烟景皆情意，今古诗骚味不同。

（二）

满苑芳菲草树花，微身疑是到仙家。琼楼玉殿莹文藻，烟柳亭台笼雾纱。　追底细，问桑麻，无人临水钓鱼虾。凌波醉看鹅鸭戏，且共一壶龙井茶。

敬挽明成大师

2011年12月18日

张峻峰先生告知：明成大师为弘扬佛法，推进两岸交流，从台湾回中原故乡，倾全部身心建设南海禅寺，前不久仙游。深为悲痛，诗以为念。

南海慈波万里春，禅音普度故乡人。
魂游妙有归极乐，思慧圆觉现化身。
白圣公来曾驻马，明乘师去可骑麟。
三心桥对香山寺，日月潭迎合作门。

【注】

白圣公：明乘法师的师傅。

三心桥：三心桥是南海禅寺院内的三座桥，分别名为：心净桥、心安桥、心平桥。

香山寺：明乘法师曾在台湾香山寺主持。

合作门：南海禅寺内的合作门正对着海峡两岸合作大桥，寓意两岸融通合作。

记梦

2011年12月23日

一梦楚天游，重登黄鹤楼。幽怀龟蛇静，长啸大江流。垂钓东湖岸，泥足鹦鹉洲。君心随我意，碧水映明眸。梦醒援笔记，尘风吹我头。哼诗唯所好，有此复何求。

多情梦里你回眸，红豆相思解我愁。
春雨巫山花艳艳，秋风燕塞水悠悠。
一笛玉籁来天外，万古长江入海流。
怕见枝头鹦鹉老，窗前月色照白头。

鹧鸪天·梦梅

2011年12月27日

看望兄长赵金玉归来，在什刹海岸边，一湖冰雪，灯火朦胧，滑冰的人像鸟一样在冰面上飞翔，花店里的梅花绽放着欣喜。记得昨夜一梦，漫步黄鹤楼下，梅花开放，江流悠悠，春气融融。凝思有句。

昨夜梅花雪里开，姮娥粉屑染琼胎。风涵清润梳蓬鬓，玉做冰魂惹梦怀。　情入骨，泪盈腮，王乔骑鹤上瑶台。人间信有芳春气，一点猩红何快哉！

敬和老部长戴清民将军迎新诗

2011年12月31日

又是一年过去，融融春色来临。上午十时，收到老部长戴清民将军《元旦赠人》新年贺诗：倏然岁月逐时新，龙腾华夏溢祥氛。楼幻异彩非关蜃，树开银花疑到春。满街流光寒意减，一团和气笑语亲。无边景象时漾演，故拈短句酬故人。读之击节叹赏，悠悠仰望凝心也。念念家国之意，使我感动深深也。即拙句敬和之。

喜看红梅蕊吐新，冰魂玉骨透香氛。
一枝独报乾坤暖，万朵齐开盛世春。
蜗角浮名堪笑止，将军诗意倍觉亲。
临风共对杯中月，仰首山阴道上人。

跋

听鸟观花我不急

嗟我朽木之质性，痴顽之情致。感物而形骸毕露，交人则诗赋寄意。兹将退休后四年间诗词编在一起，名之曰《观花听鸟集》，并呈刘征先生雅正之。刘老问我："观花听鸟，其有说乎？"我说，"有之。改正半生军旅，脱去戎装，身为之轻，心为之愉。寄蜉游于天地，涉沧海于一粟；哀尘生之须臾，羡江海之无穷。能闲暇以观花听鸟，何其乐也快哉！而花之香美，鸟之欢歌，观之听之，心如清月，意若春风，皆入诗行，实乃花弄心弦之赏赐，莺啼天籁之遗施也。"刘老闻听莞尔抚掌，欣然赐我以序，深深感动我心。

在此书即将列入"中华诗词存稿"付梓时，想到2006年中华诗词学会一次会长会议上，雍文华师长汇报，与吕梁松先生协商，启动"文库（后改名为"存稿"）"工程的有关事宜，学会领导高度评价，这是新时期中华诗词繁荣的标志性工程。我还想起2012年7月28日，我和吕梁松先生一起在北戴河大海边，谈起他对中华诗词事业的鼎力支持和历史性贡献。在这样一个世事背景下，他倾尽心力于一项没有经济效益的文化工程，持之以恒，久久为功，我心感慨万千。

改正于诗词，爱好而已，是龙之无角，蛇之有足者也。这些诗词都是写在日记里的，所以都有序言。我没有按类别编排，仍然按日记的顺序堆在一起，这首先是为了我自己看着方便，知道在什么时候，什么情况下产生的诗意。那是足之所履、目之所及、心之所想留下的痕迹，是我的心路历程。贾平凹说，创作首先是内心有冲动，这最重要，而作家的冲动大都来自他的生活。你见到花的时候，你心生喜悦，很爱花，其实花也一样喜悦，花也爱你。观音菩萨是观音观世观自在，文学也是这样观。我曾在2002年向李燕杰教授谈过我的体会，我的诗词很浅拙，但都是我心灵泉水浇灌出来的，是从我的胸腔里流淌出来的，是我的感觉和体验，是我的情感展现，是我灵魂的记录、精神的寄托。现在，我对诗词的感觉依然如此。

　　刘征老在为我写的序言里引了张岱的话："诗文一道，作之者固难，识之者尤不易也。"这后面还有一句，"识者之精神，实高出于作者之上。"刘征老是当代中华诗词大家，是中华诗词在新时期复苏繁荣的领军人物之一，改正敬而仰之也。他简短精练的序文，是对我的莫大鼓励和鞭策。当代中国，名家云集，其标格文藻，都在吾侪之上。求知音于海内，寻同调于天涯。期爱我之朋友不吝赐教。

　　集不锦不绣之诗，做吟风吟雅之态。有刘公珠玑之序在前，可谅我高山流水于后也。想起周作人为自己的新书写的序言里一句话，很适合我这时候的心情："印书的目的并不在宣传，去教训说服人，只是想把自己的意思说给人听，无论偏激也好浅薄也好，人家看了知道这大略是怎么一个人，那就够了。"言不尽意，乃吟咏一律，寄以情怀也。诗曰：

休闲情味寸心知，常写幽微散淡诗。
一副昏蒙新眼镜，几回翻看旧戎衣。
滋兰树蕙春相问，听鸟观花我不急。
梦幻人生难掩卷，吟哦如醉有深思。

       2018年12月30日
       戊戌年十一月二十四日
       于京华玉渊潭畔